COLLECTION FOLIO

Philippe Forest

Le nouvel amour

Gallimard

Philippe Forest est né en 1962 à Paris. Il a enseigné dans diverses universités d'Angleterre et d'Écosse. Il est aujourd'hui professeur de littérature à l'université de Nantes. Il est l'auteur de plusieurs essais et de textes critiques publiés dans les revues *L'Infini* et *Art Press*, de romans, dont *L'enfant éternel* récompensé par le prix Femina du premier roman 1997 et *Sarinagara* qui a reçu le prix Décembre 2004.

Je ne sais ce qui me possède
Et me pousse à dire à voix haute
Ni pour la pitié ni pour l'aide
Ni pour en avouer ses fautes
Ce qui m'habite et qui m'obsède

LOUIS ARAGON

I

Qui suis-je, ne le demandez pas, je suis celui qui tombe et qui, vers le bas, entraîne avec lui toutes les choses du monde.

« Rien ne compte plus que le vertige », écrit un poète.

Et encore : « Être un homme, c'est pouvoir infiniment tomber. »

Je suis cet homme : lui ou bien un autre, n'importe lequel.

Celui qui parle dans sa chute.

Là où tu étais, un trou est resté dans ma vie.

Tout tombe autour et moi je tombe en lui.

Quand ma fille est morte, j'ai eu le sentiment stupide d'être soudainement devenu invulnérable. Quelque chose était arrivé, que je n'avais pas voulu, que j'aurais tout donné afin de pouvoir défaire, mais en quoi s'épuisait d'un coup tout le chagrin du monde. Je mentirais si je taisais l'ivresse que j'ai tirée de ce néant. C'est cette ivresse qui m'a préservé de mourir tout à fait. Le bonheur ? Oui, je veux bien de ce mot scandaleux. Et même si je suis le seul à vraiment en comprendre le sens.

Une fois de plus, je revois l'après-midi de printemps où tout cela a eu lieu. Il faisait soleil. Au fond de la fosse, nous avions laissé l'urne encore tiède où se trouvaient les cendres de notre enfant. Le prêtre qui se tenait là a dit quelques mots simples. Puis, de sa main droite, il a tracé une croix dans l'air. L'employé municipal (le fossoyeur) a tiré sur le trou la lame de trois grandes dalles. Personne ne savait comment secouer l'embarras de cette scène. En ordre dispersé, nous sommes repartis, traversant le cimetière, passant parmi les croix penchées, les stèles noires, les fleurs fausses allongées sur le gravier ou bien sur le marbre.

Je revois tout cela comme une simple vision, de celles que l'on a parfois en rêve et qui restent dans la mémoire plus vivantes qu'un vrai souvenir. Quand nous nous sommes éloignés, retournant à la voiture, ne sachant pas où nous dormirions le soir même car nous n'avions plus de maison où aller, pensant que cela n'avait plus d'importance puisqu'à un tel chagrin, il était de toute façon inconcevable que nous sachions survivre bien longtemps, j'ai vu le monde entier disparaître, convaincu que la douleur présente contenait en elle la somme très simple de toute souffrance possible, de toute souffrance passée, présente, à venir.

Alors j'ai vu vraiment le monde basculer en lui-même, se dissoudre à l'intérieur d'un dedans très sinistre qui avalait tout en lui. Ma propre mort, celle de tous ceux que j'avais aimés, l'évanouissement même de toutes les choses un jour vécues, je les ai vus très concrètement contenus dans cette scène où tout soudain s'abîmait. Et à ce moment très précis, j'ai su cette chose que racontent les légendes lorsqu'elles disent comment le monde un jour ou l'autre finira. Toute l'immense et cruelle beauté de ce spectacle sans merci.

Oui, tout était en ordre. Et c'était peut-être pour la première fois.

Et puis est venu le temps dont j'ai parlé dans mes livres. Beaucoup d'années ont passé. Elles n'ont pas compté. C'est en tout cas le sentiment qu'elles m'ont laissé. J'étais certain que plus rien ne pouvait maintenant m'arriver. Du moins : plus rien qui puisse m'atteindre dans le secret de mon cœur. Je vivais. Je laissais les jours se remplir et puis se vider de la même matière morne et sans durable importance. De minuscules vanités, quelques plaisirs pour rien m'occupaient le corps et puis l'esprit. Merveilleuse et puis misérable, une magnifique mélancolie s'était étendue sur le monde. Et si elle le privait de toute signification, du moins n'interdisait-elle pas tout arrangement pris parfois avec la vie.

Mon existence ne différait de celle des autres que sur un seul point : elle était sans avenir. Je flottais dans la formidable nonchalance d'un perpétuel présent. Le futur me faisait défaut. Tout projet m'était impossible. La reconduction à l'identique des jours, des semaines, des années me laissait immobile au sein du grand mouvement du temps qui poussait tous les autres vers l'avant.

Quand mon père est mort, j'ai eu le sentiment que sa mort vérifiait le sentiment que j'avais de cette invulnérabilité nouvelle à l'abri de laquelle je me trouvais protégé de tout. Le téléphone a sonné. C'était l'heure du déjeuner. J'ai marché de la cuisine jusqu'au salon. J'ai décroché en m'imaginant l'excitation sans importance d'une conversation habituelle. J'ai eu mon frère aîné au bout du fil et j'ai tout de suite su à la voix qui se casse, aux deux ou trois mots seulement qu'elle dit, j'ai tout de suite su ce qui s'était passé. Le détail, je l'ai appris ensuite et comment mon père avait sans raison apparente perdu conscience, était soudainement tombé dans la rue, d'un coup, face contre terre, s'effondrant sur le sol, à quelques mètres de la porte de son immeuble, et que son chien qu'il promenait était venu lui lécher longuement le visage, monter la garde autour de lui. Que l'épicier qui tient boutique dans la rue l'a aperçu très vite ainsi inanimé, couché de tout son long sur le trottoir, qu'il a appelé les secours et puis ma mère qui est descendue aussitôt, c'est elle qui me l'a raconté ensuite. L'ambulance avec la sirène bleue qui tourne et puis qui hurle, je n'ai pas besoin de l'avoir vue de mes yeux pour me la représenter : les formes en blouse blanche, les portes arrière du véhicule qui s'ouvrent aussitôt, le brancard qui descend, les mots, les gestes, le rituel impuissant de la réanimation et puis le corps trop lourd qu'on roule et qu'on emporte jusqu'à l'hôpital voisin dans le tumulte banal de la circulation s'épaississant sur la ville. Les phrases du médecin disant qu'il fallait l'emmener, que le service des urgences disposerait du matériel nécessaire pour tâcher encore une fois de le rappeler à la vie, qu'il n'y avait rien qu'on puisse encore tenter sur place, je n'ai pas besoin de les avoir entendues pour savoir ce qu'elles disaient. Car c'est tout simplement la routine ordinaire à l'aide de laquelle partout on liquide aujourd'hui les vivants.

Pour moi, tout cela avait déjà eu lieu. Depuis deux ans, mon père était déjà mort et, avec lui, tous ceux que j'avais aimés. Aucun n'avait survécu à notre fille. Nous qui l'aimions, nous étions tous devenus comme des fantômes traînant où ils le pouvaient encore leur impuissance à exister plus longtemps. Si j'écris que je n'ai pas eu de chagrin, on ne me comprendra pas. On s'imaginera que tout — et même la disparition de mon père — m'était devenu indifférent. Non, c'était tout le contraire. J'ai seulement dit la vérité. Et que j'imaginais toute mort — la mienne, la sienne avec les autres — contenue dans celle de ma fille qui, à son tour, comprenait tout. Et jusqu'à la forme la plus lointaine des choses les plus authentiquement aimées.

Invulnérable comme seuls le sont les morts. Protégé de tout. Ayant vécu jusqu'au bout tout ce qui me restait à vivre. N'attendant plus rien. Oui, pourquoi ne pas l'avouer et malgré la honte d'un tel aveu, m'estimant différent des autres en raison même de cette épreuve après laquelle plus aucune autre ne pouvait venir qui lui soit comparable. C'est ainsi que je m'imaginais. Car je ne prévoyais rien de ce qui allait me rendre à la vie, m'enseigner qu'on n'en a jamais tout à fait fini de souffrir. Je veux dire : d'aimer.

Le temps travaille. Il est même le seul à le faire. Il est cette taupe dont parle le poète et qui creuse ses galeries sous la terre. Préparant le grand écroulement panique où tout s'abandonne au même basculement vers le bas. Ce vertige, on l'appelle : aimer.

Un nouvel amour vient et il renverse tout comme d'un revers de la main. Un nouvel amour vient et, comme on a déjà un peu vieilli, il y en a eu beaucoup d'autres avant lui. Et pourtant, il est le seul. Tout ce que l'on vous a donné avant lui, il vous le donne une fois de plus. Tout ce que l'on vous a ôté, il vous en prive à nouveau. L'expérience d'avoir aimé, d'avoir souffert est sans usage. Dans le défaut d'amour, dans le don d'amour, chaque fois, toute la douleur vous revient. Et si la souffrance la plus récente est si insupportable, c'est qu'elle contient en elle toute la somme des souffrances anciennes.

Il n'y a pas de dernier mot. Tant que dure la vie, tout peut recommencer. Et ce recommencement est une grâce aussi. Je remercie le hasard qui m'a fait survivre à ma fille. Je le remercie même pour toute la dévastation qui a suivi.

II

L'amour, il est la mesure parfaite et réinventée, la raison merveilleuse et imprévue.

Sur la première page du premier de mes livres, à l'intention de celle que je venais de rencontrer, j'ai recopié ces quelques lignes.

Le cœur est comme un tambour. Un doigt suffit à le faire battre. De tous les sons qu'il décharge, il bâtit une nouvelle harmonie. Alors tout se met en marche. Un corps vient et le monde se règle sur son pas. À l'approche, les têtes se retournent. C'est le nouvel amour.

Tout amour est le nouvel amour.

Car rien n'efface jamais ni même n'altère la nouveauté de l'amour vrai. Neuf, il l'a été une fois et il le reste à jamais. Arrivée de toujours, qui s'en ira partout.

Je connaissais Lou depuis plusieurs années. Mais tout le temps d'avant nous deux, je suis incapable de me le représenter. Je ne pourrais même pas dire l'impression qu'elle m'avait nécessairement faite et seulement si je la trouvais belle.

Belle, je ne doute pas qu'elle l'était aux yeux de tous les autres. Mais l'évidence en est venue pour moi après. Des affaires sans grande importance me liaient à elle. Lou, je l'avais parfois au téléphone. Je faisais un détour par son bureau. Cela n'arrivait pas si souvent. Des semaines passaient et je ne crois pas que je pensais jamais à elle. Que tout cela ait duré si longtemps, le côtoiement indifférent de nos deux vies sans rien du tout entre elles, me paraît proprement inconcevable si j'y réfléchis aujourd'hui.

J'ignorais tout de sa vie. L'homme avec lequel elle travaillait et qui, à l'époque, était un ami laissait entendre parfois qu'elle était sa maîtresse. Il ne le disait pas aussi nettement mais toutes les allusions qu'il faisait signifiaient, pour employer l'une de ses expressions, qu'il l'avait mise dans son lit. Cela m'était assez égal. De telles confidences m'embarrassaient juste comme le signe de la vulgarité et de la vanité de cet ami. Je ne leur accordais pas trop de crédit. Je savais que Lou vivait avec un autre homme. Je l'avais aperçue parfois pendant sa grossesse, elle avait été enceinte, était devenue la mère d'une petite fille avec laquelle on la voyait parfois.

Ma vie à moi, je l'avais déjà livrée à n'importe qui. J'en avais descellé le secret. Mon deuxième roman venait de paraître. Chacun avait sur moi l'avantage de tout savoir de mon histoire. Ou du moins : de pouvoir se le figurer. Ce que Lou connaissait de mon passé, si elle avait lu mes livres avant de me rencontrer — comme elle me l'a confié bien plus tard —, quel regard — de compassion, de curiosité — elle pouvait poser sur moi ou bien sur Alice, je ne me le demandais même pas. J'avais la certitude que le malheur avait jeté sur moi, sur nous, comme un charme d'invisibilité qui nous protégeait des autres, nous tenait hors de portée de leur jugement, de leur pensée.

Avant de devenir amoureux d'elle, quelque chose cependant me plaisait déjà en Lou. Rien ne paraissait pouvoir l'intimider. Dans le milieu d'hommes vaniteux et importuns où son travail la forçait à vivre, elle ne s'en laissait conter par personne. Aucun des personnages prétendument importants avec lesquels il lui fallait frayer (faux philosophes, hommes de lettres sans talent, toute la racaille culturelle et la faune professorale à laquelle moi-même j'appartenais), aucun ne semblait l'impressionner.

Avant d'aimer Lou, j'aimais déjà sa liberté.

L'été où j'ai vu s'en aller Alice — où je l'ai vue concrètement s'éloigner à jamais et alors même que plusieurs années de vie commune nous restaient encore à partager —, cet été au cours duquel le chagrin me rendait fou d'ennui et de dégoût de moi-même, j'ai croisé Lou dans la rue. Je crois qu'à l'époque nous nous disions toujours « vous ». Elle revenait de quelques jours de vacances passés au bord de la mer. Elle semblait belle et reposée. Elle a paru heureuse et étonnée que je le lui fasse remarquer. J'avais l'impression que je la voyais pour la première fois, que soudainement elle se mettait seule à exister. Cela me semblait si singulier, comme un signe subitement surgi dont on doute encore qu'il ait un sens. Un signe à la promesse duquel, désormais, on veut croire.

Nous cherchions chacun quelqu'un à aimer, je crois. La solitude où m'avait laissé Alice m'était insoutenable : non pas que je supporte mal d'être seul, ayant toujours trouvé mon bonheur dans la présence exclusive de la personne que j'aime mais, cette personne me manquant tout à coup, j'avais la certitude d'avoir tout perdu avec elle. La compagnie où se trouvait Lou d'un homme qu'elle disait n'avoir jamais vraiment aimé lui était devenue si pesante qu'elle pensait depuis plusieurs mois déjà à le quitter : je n'ai jamais su si elle disait vrai (sur cet homme qu'elle avait dû malgré tout aimer, sur son désir de partir) ou bien si elle m'adressait ainsi un message afin de me faire comprendre qu'elle était libre. Je veux dire cette fois : libre déjà d'être à moi.

J'ai laissé s'écouler quelques jours mais je sentais que sa pensée grandissait dans mon cœur, qu'avec elle je recommençais à croire en quelque chose de ma vie. Le premier mauvais prétexte, je l'ai pris pour passer dans son bureau et nous sommes descendus boire un café ensemble à l'une des terrasses de la place du Commerce. Septembre commençait. Il faisait doux. Toutes sortes d'obligations raisonnables nous appelaient l'un et l'autre. Mais nous sommes restés longtemps à parler. Cela est arrivé plusieurs fois au cours des semaines qui ont suivi. Une fois, au moment de la quitter, j'ai senti, quand je l'embrassais sur la joue, sa main posée sur la mienne.

D'une certaine manière, j'ai su alors que je l'aimais.

Quand j'ai rencontré Lou, j'étais devenu désespérément seul. Sans doute ai-je le sentiment de l'avoir toujours été et que les moments de vie à deux n'ont duré pour moi qu'un instant. Je sais bien que c'est faux. Passé le long esseulement de l'adolescence, j'ai vécu en couple, j'ai été marié. Et fidèle très longtemps. Plusieurs femmes en même temps se sont parfois succédé dans mon lit. Toutes belles quand j'y pense. Je ne le méritais sans doute pas. Ce fut ma chance. Quand cela est arrivé — cela qui peut paraître normal, enviable aux hommes moins amoureux que moi —, j'ai su que cela ne durerait pas, qu'une catastrophe m'attendait. Et la catastrophe est toujours venue en effet.

Si elle arrive tôt, comme ce fut le cas dans ma vie, la solitude laisse en soi une empreinte que rien ne vient jamais effacer. Elle creuse un trou plutôt qui dévaste et déprime la surface du monde. Plusieurs fois, on dégringole. Et plusieurs fois, on croit pouvoir encore remonter la pente. Du moins, il en va ainsi tant qu'on est jeune. Et puis un jour vient où l'on se résout au siphon qui vous tire vers la bonde tournoyante de l'ennui. On n'a plus l'énergie d'aller à contresens. On serait prêt à se raccrocher à n'importe quoi. Mais même pour cela, on ne trouve plus du tout de force en soi.

Car souvent quand les amours se terminent, il faut que tout descende de partout vers le pire.

À l'époque, Alice et moi étions mariés depuis plus de douze ans. Mais tant de choses s'étaient passées pour nous, entre nous, que j'avais le sentiment que nous avions connu plus d'un siècle d'amour et que toute une histoire — aussi indéfaisable que le temps lui-même — nous unissait à jamais.

Bien sûr, avant elle, il y avait eu d'autres femmes. Puis un jour, Alice était entrée dans ma vie. Je ne saurais pas dire autrement ce qui m'est arrivé avec elle. Alors, tout s'est précipité. Je suis reparti pour la

Grande-Bretagne où j'avais vécu et où elle m'a suivi. Le premier été après notre départ, nous nous sommes mariés. Une année encore et Pauline est née. Nous nous sommes installés à Londres. La maladie de notre fille puis sa mort nous ont fait revenir en France. Nous avons quitté Paris pour l'ouest du pays : la Vendée, Nantes, où nous ne connaissions personne. La vérité est que nous voulions nous perdre tout à fait. Et nous y sommes parvenus, enfoncés dans un chagrin qui n'effaçait pas l'amour entre nous, ni même le plaisir ou le contentement à être l'un avec l'autre, mais qui écrasait toute notre vie sous son poids et la laissait étrangement inanimée. Nous avions cessé de compter les années. Quelque chose nous tirait interminablement vers le bas — quelque chose contre quoi, ensemble, au fond, nous ne pouvions rien.

Cette inertie, Alice a été la première à savoir la secouer et, sans nous quitter tout à fait, nous nous sommes mis à vivre chacun de son côté une autre vie. Seul, je n'aurais jamais eu la ressource de rien recommencer : Alice en s'éloignant de moi, Lou en venant vers moi ont permis que se remette en mouvement quelque chose dans mon cœur, quelque chose de terrible par quoi je redécouvrais cependant le magnifique étonnement d'être encore vivant. Un désir merveilleux allait me porter de nouveau vers le monde — un monde auquel Lou suffirait tout à fait — sans pour autant me distraire complètement de ce vide qu'avait ouvert en moi la mort de ma fille et où se tiendrait totalement intouchée la figure de mon amour pour Alice. Deux années ont passé ainsi et puis une autre encore.

Mais, d'abord, il y a eu ce moment où tout a commencé. J'ai entendu une voix qui venait d'au-dessus de moi. Elle m'appelait. J'ai levé les yeux. Je me trouvais dans une grande librairie où je voulais divertir un peu mon ennui, feuilletant des livres dont plus aucun ne paraissait avoir quoi que ce soit à me dire. Ma curiosité était épuisée de tout. J'en avais assez, assez de tous ces mots — auxquels j'avais ajouté le déshonneur des miens. J'ai descendu l'escalier mécanique. Je me suis dirigé vers la sortie. J'attendais cette voix depuis des jours. C'est pourquoi je n'ai été ni surpris ni même ému lorsque je l'ai entendue. Je devais me figurer qu'un jour ou l'autre elle parviendrait inévitablement jusqu'à moi.

Lou se trouvait au tout dernier étage du magasin, venue y chercher un cadeau pour sa fille. Elle m'avait aperçu. J'ai fait le tour des rayons pour prendre l'escalator en sens inverse. Je ne sais plus quand tout cela s'est passé. Disons que janvier commençait à peine. Je me suis vu monter jusqu'à elle qui m'attendait. Lou m'a demandé pourquoi je ne l'avais pas rappelée. Le soir de la Saint-Sylvestre, elle m'avait laissé un message sur la boîte vocale de mon téléphone portable : pour me souhaiter la bonne année et puis me demander si j'avais des projets pour le réveillon — un réveillon qu'elle avait passé seule avec une amie, s'étant fâchée une nouvelle fois avec l'homme dont, à l'époque, elle partageait encore la vie.

Lou s'était tout simplement trompée en inscrivant mon numéro sur son carnet et le message qu'elle me destinait était allé à un inconnu — insensible inconnu ayant si peu de sympathie pour l'amour qu'il n'avait même pas pris la peine de rappeler Lou pour lui signaler qu'elle s'était trompée d'interlocuteur et lever le possible malentendu qui aurait pu s'installer entre nous. Nous sommes allés prendre un café et nous avons parlé. Ce qui allait suivre était devenu si évident que ni elle ni moi n'avions désormais le désir de trop le presser.

J'étais parti pour Rome avec Alice y passer le réveillon. Parce que ce jour de décembre (le 24) marquait également la date anniversaire de Pauline, parce que depuis sa mort nous avions renoncé à toutes les fêtes de famille, elle et moi avions pris l'habitude de nous enfuir ainsi chaque année, entre Noël et le jour de l'an. L'idée était de se divertir de monuments et de paysages, disparaissant un temps dans la splendeur pour rien de l'Afrique ou bien celle de l'Asie, parmi la grande indifférence des terres ocre et vertes flottant dans le vide et le bleu, la sagesse sans importance des ruines et la merveilleuse insignifiance des soleils se couchant dans le ciel, toute la féerie facile des cartes postales.

Je ne méprise pas le mensonge de ces moments vécus, l'extrême mélancolie de se sentir ainsi ensemble au milieu de rien, vivant en vue d'aucun lendemain, entièrement rendus à la paisible désolation de l'absence : le spectacle du monde se repliant fabuleusement sur la pointe de rien — d'une beauté intense au point de s'évanouir. Je crois que je me serais volontiers établi jusqu'à en mourir dans l'affadissement de ce crépuscule lointain. Mais, depuis quelques mois, Alice — en sortant de ma vie — avait elle-même crevé ce rêve auquel, je crois, elle tenait pourtant plus que moi.

Cette année-là, nous étions partis malgré tout, pour une destination moins lointaine qu'à l'ordinaire, louant à Rome une chambre dont les fenêtres donnaient sur les escaliers de la place d'Espagne. La journée : l'hébétude de marcher parmi des décors, de traîner nos corps parmi les merveilles inutiles d'un monde trop vaste pour qui que ce soit (l'architecture écrasante du Colisée ou bien celle de Saint-Pierre, la pesante géométrie du temps devenu pierre). La nuit : l'amour fait simplement pour vérifier s'il existe encore, les corps qui se rejoignent et puis qui se replient chacun de leur côté, l'endormissement tiède tout peuplé de rêves hargneux et mauvais avec la grande angoisse de s'être perdus tout à fait et la volonté insatiable de se retrouver malgré tout, même dans l'humidité malsaine d'un désir faux.

Le lendemain de Noël, dans une petite église située à quelques centaines de mètres de notre hôtel, une troupe d'artistes amateurs interprétait *La Traviata*. Sur les chaises inconfortables où le dimanche l'on écoute la messe, devant l'autel autour duquel, en lieu et place du prêtre et des enfants de chœur, se tenaient une demi-douzaine de musiciens, en l'absence de tout décor, quelques corps de chanteurs laissaient passer par eux la voix bouleversante d'un drame. Verdi ? Oui, bien sûr. Qui d'autre ? Dès le milieu du premier acte, j'ai su que j'allais me mettre à pleurer, à verser d'interminables larmes, de celles qu'on laisse tomber pour personne, pour la seule splendeur de donner son assentiment solitaire au sacrifice sans fin de l'amour.

Je mens. Je savais bien le secret de mon chagrin. Silencieusement, je pleurais sur Alice, sur moi, sur notre amour qui s'en allait, sur l'amertume de voir se défaire la figure même de notre affection la plus vraie.

Depuis plusieurs mois, Alice s'était installée dans l'étrange vie nouvelle dont la routine n'allait en somme pas changer : disparaissant quelques jours puis repassant à la maison pour une ou deux nuits avant de repartir à nouveau, menant de son côté une existence que je pouvais facilement imaginer mais dont je ne voulais trop rien savoir. Si dès ce moment-là nous ne nous sommes pas séparés, si pendant si longtemps nous avons accepté entre nous cette proximité singulière où, ensemble, chacun de nous aimait pourtant ailleurs, je sais bien pourquoi et que nous nous trouvions absolument liés l'un à l'autre par le souvenir de notre fille. Ce qui restait d'elle était passé dans l'autre et nous ne pouvions pas accepter de le perdre tout à fait, de le laisser s'en aller une seconde fois.

Le plaisir qu'Alice pouvait avoir d'un autre, et dont elle-même reconnaissait qu'il ne suffisait pas à la divertir de l'interminable chagrin où l'avait laissée la disparition de Pauline, ce plaisir, si je l'acceptais, c'est bien parce qu'il m'apparaissait comme le juste dédommagement que méritait Alice — dédommagement au demeurant insignifiant pour une souffrance dont je n'avais pas su la protéger et pour laquelle il était normal qu'elle obtienne réparation auprès d'un autre que moi. Sincèrement, j'aurais parfois souhaité Alice heureuse sans moi, recommençant tout, retrouvant assez de ressources d'oubli et d'illusion afin de m'abandonner tout à fait et se lancer pour de bon dans le projet d'une existence débarrassée de toute douleur. J'espérais même cette délivrance et je crois que l'entêtement mélancolique, la pesante passivité dans laquelle je me réfugiais auprès d'elle lors des deux ou trois soirées que nous passions ensemble chaque semaine avaient pour but de la pousser à bout, de rendre insupportable la poursuite même d'un semblant de vie commune : si bien qu'elle serait partie vraiment. Alice en allée, égoïstement, j'aurais été libre tout en faisant porter sur elle la responsabilité de notre rupture — une rupture qui concernait moins le couple que nous formions que le lien qui l'unissait à notre enfant perdue. Plus mystérieusement, et puisque à mes yeux quelque chose de Pauline continuait à vivre en elle, le bonheur qu'aurait connu Alice aurait également été le sien, compensant — même de façon infinitésimale — l'agonisante expérience de sa maladie.

Mais Alice n'était pas heureuse, je crois qu'elle n'aurait pas voulu l'être. Il y avait en elle une sombre fidélité à laquelle elle ne voulait à aucun prix renoncer, même dans l'exubérance évidente de son nouvel amour.

Personne n'a jamais rien dit de l'étrange effervescence amoureuse qui vient à ceux que l'existence fait survivre au chagrin, cette effervescence à laquelle ils s'abandonnent parfois, et qui n'a rien à voir avec le goût retrouvé de la vie, le désir de renouer avec elle, de laisser derrière soi la désolation d'avoir vu l'immense abîme où tout finit. Non, l'insolite est que la notion du néant s'insinue précisément là où l'énergie retrouvée des corps amoureusement livrés l'un à l'autre devrait raisonnablement mettre entre parenthèses tout le reste. L'épreuve se perpétue à travers la physique érotique qui paraît n'avoir rien de commun avec elle. Avec Alice, certaines des nuits qui ont précédé la mort de notre fille, beaucoup de celles qui ont suivi tenaient leur intensité strictement sexuelle du malheur où nous vivions. Le plaisir que chacun de nous prenait du corps de l'autre n'était pas la tendresse consolatrice ni l'affection réparatrice. La force agissante du désespoir délivrait, surgi de quelque part en nous, quelque chose que nous ne reconnaissions pas : une violence qui s'adressait au monde dont chacun de nous devenait pour l'autre l'image ou bien l'objet — une violence dont, scandaleusement, nous jouissions.

Du temps de la maladie, dans la chambre à coucher de notre petit appartement parisien, nous rentrions épuisés d'une journée passée à l'hôpital auprès de notre enfant. Alors, l'exaspération du malheur, après la frénésie et l'angoisse, nous laissait seuls pour quelques heures, Alice et moi. Elle nous livrait l'un à l'autre et parfois c'était bien l'un sur l'autre que nous prenions notre revanche, décidés à tout dévaster d'une réalité sur laquelle nous n'avions aucune prise sinon dans le simulacre de notre lit. Et puis, lorsque la mort de Pauline nous a fait partir de Paris, quand nous nous sommes réfugiés quelques mois dans une maison perdue au milieu de nulle part, ne voyant plus personne, totalement abandonnés au vertige de notre chagrin, parfois, j'entrais dans la chambre nue où, sur le sol, nous avions disposé un matelas et, sans rien dire, je faisais l'amour à Alice que je sortais vaguement de l'hébétude où l'avait laissée l'excès des larmes. Ou c'est elle, au milieu de la nuit, qui me réveillait, me forçait hors du sommeil jusqu'à ce que je la prenne à nouveau avant de retomber pour quelques heures dans une obscurité effrayante toute hantée de rêves.

Je n'ai jamais très bien compris ce qui nous était arrivé alors et quel lien absurde unissait la perte de notre enfant à l'interminable et inutile énervement de ces nuits. L'approbation de la vie jusque dans la mort ? Oui, peut-être, si je savais ce que cela signifie. Mais l'inverse aussi bien : la fidélité à la mort jusque dans l'exacerbation de la vie.

Ce qui arrive aux parents endeuillés, il existe toute une littérature qui l'explique : mélancolie, dépression ou bien l'oubli immédiat et sauvage, l'illusion répétée de la procréation afin qu'un enfant nouveau en chasse un autre, le plus souvent la séparation consécutive à l'épaississement du chagrin et puis la reprise par chacun de sa vie répétée. Je veux bien que notre cas vienne simplement confirmer une telle règle. Simplement, je m'étonne que personne n'ait jamais osé porter témoignage sur le versant proprement sexuel de l'affaire : le phénomène très visible d'aimantation érotique que produit l'expérience.

Ceux qui tombent amoureux des êtres endeuillés prétendent en général que le désir les anime de rappeler ces êtres à la vie, à la joie. Ils disent que se mêle à leur amour le rêve généreux de sauver ceux qu'ils aiment d'eux-mêmes et de leurs fantômes. Je veux bien le croire. Pourtant, il me semble que l'inverse est vrai aussi bien et souvent davantage. Il y a aussi la volonté de se perdre, d'éprouver au contact d'un autre corps le néant qui vous a été épargné mais dont on espère ainsi jouir à son tour — au moins par procuration. C'est le malheur sans doute qui séduit chez ceux qui en ont été les victimes trop visibles : il exerce irrésistiblement sa faculté magique d'attraction sur les autres, comme une sorte d'énergie noire et sauvage, de réserve de souffrance où le monde entier voudrait pouvoir venir puiser.

Je ne sais pas. Mais j'ai constaté souvent combien les hommes, les femmes, si on les y avait encouragés, seraient facilement tombés amoureux, non pas de nous mais bien de notre chagrin.

De la sympathie, Alice et moi, Alice davantage que moi, nous avons très vite compris qu'il était indispensable de nous défendre. Et que la meilleure façon d'y parvenir consistait à devenir tout à fait inconséquents, incompréhensibles aux yeux des autres : afficher tous les signes de la plus tranquille indifférence extérieure à l'égard de ce que nous avions vécu. Et en même temps toutes les marques d'une fidélité — la plus secrète et la plus obstinée.

Nous avions adopté depuis la mort de Pauline la seule attitude qui nous paraissait convenir : ne jamais évoquer, même par allusions, et avec quiconque, ce qui nous était arrivé, éluder les questions si elles se faisaient trop insistantes, décourager les curiosités. La jeunesse, la beauté, la gaieté d'Alice — j'avais souvent eu l'occasion de le vérifier —, l'impression qu'elle donnait d'être tout à fait vivante, charmaient immédiatement la plupart des hommes qu'elle rencontrait. Mais le trouble se faisait plus violent chez ceux qui connaissaient notre histoire. Je suis certainement mal placé pour en juger, mais il semble que dans l'attention qu'on me portait parfois entrait quelque chose de semblable.

Ainsi notre histoire nous suivait. Et même dans le jeu magnifique des affections nouvelles à l'intérieur duquel nous étions tous les deux en train d'entrer, elle continuait à s'écrire.

Nous n'en aurions jamais fini.

III

Quand commence le nouvel amour ? On ne sait pas puisque tout ce qui l'a précédé s'efface aussitôt avec lui. C'est une vie nouvelle. Tout ce qui était avant elle a disparu du livre de la mémoire.

Un poète l'a écrit : le désir ouvre comme une entaille dans le temps, l'incision d'une vie renouvelée par l'amour.

Un dieu vient alors, plus fort que tout, et il règne.

Je suis ce dieu, dit-il, celui qui efface tous les simulacres de la vie sans lui.

À toutes les bonnes et les mauvaises raisons que nous avions de tomber amoureux l'un de l'autre, Lou et moi, pourtant, à cette époque de notre histoire, nous ne pensions pas du tout. L'évidence d'être déjà l'un à l'autre nous portait vers l'avant et nous faisait oublier le reste. L'avenir nous paraissait irréversiblement acquis. Nous étions tout à notre chance.

Rien ne s'était encore pourtant véritablement passé. Toutes sortes de prétextes — dont aucun de nous n'était dupe — nous fournissaient l'excuse dont nous pensions encore avoir besoin pour nous voir presque tous les jours. Je disais à Lou l'éloignement d'Alice. Elle me racontait la décision qu'elle avait prise de partir, l'appartement qu'elle cherchait pour s'y installer avec sa fille. Mais le plus souvent, nous parlions d'autre chose, de n'importe quoi, et nous n'en finissions jamais.

L'obligation où se trouvait Lou de prendre soin de son enfant, d'aller la chercher chez la nourrice, de rentrer chez elle tant qu'elle partageait ce chez elle avec un autre que moi, l'incertitude où moi-même je me trouvais du retour d'Alice nous faisaient nous quitter chaque jour en fin d'après-midi. Je rentrais enfin. La soirée passait : pour elle avec l'homme qu'elle n'aimait plus, pour moi seul ou bien dans la tristesse d'un face-à-face avec la femme que j'aimais encore mais dont la présence s'effaçait sans cesse de ma vie. Et le lendemain matin, peu de temps passait avant que Lou ou moi ne cédions au désir de nous téléphoner, de trouver une raison futile de nous retrouver bientôt.

Toute cette période d'attente euphorique paraissait délicieusement s'étirer. Pourtant, elle n'a pas duré plus de deux ou trois semaines. Un soir, Lou a pu se libérer grâce au prétexte d'un dîner d'affaires au cours duquel nous devions nous retrouver. Je suis allé la prendre dans son bureau, puis nous avons rejoint les invités au restaurant. Ce qui était en train de se passer entre Lou et moi, tous ceux qui nous fréquentaient (ils étaient très peu nombreux) ne pouvaient pas l'ignorer, éprouvant le grand embarras qu'il y a toujours à être, chez d'autres que soi, les témoins d'une passion naissante tenant splendidement pour rien tout autour d'elle. Pour ceux qui nous avaient fourni le prétexte de ce dîner, la soirée a dû être exécrable. Pour nous deux, elle était enchantée. Assez vite, on nous a laissés l'un à l'autre. Et nous sommes partis prendre un verre dans un bar proche de la place Graslin.

Dans toute histoire d'amour, il y a ce point d'équilibre où l'on se tient un seul instant, dont ensuite reste à jamais la nostalgie, et à partir duquel on surplombe soudain tout le temps de sa vie. Le passé semble alors tout entier derrière soi. C'est à peine s'il a jamais existé. Le présent est là et il fait s'ouvrir devant soi, à ses pieds, le vide fabuleux d'un merveilleux avenir au bord duquel on se trouve encore, ivre d'un vertige stupide auquel on veut s'abandonner, tombant pour de bon et sans aucun remords vers un nouveau demain.

Il suffit de se pencher légèrement vers l'avant et tout bascule ensuite. Un geste est juste indispensable, magique et bienveillant, tout comme la délicatesse d'une main posée sur soi et qui vous pousse amoureusement vers où plus rien ne vous retient. Nous avions déjà passablement bu mais nous étions éveillés au beau milieu de la nuit comme si la soirée seulement débutait. Lou a fait le geste que j'espérais. C'est elle qui m'a forcé vers le vide. Elle m'a demandé si j'imaginais que nous pourrions avoir une histoire ensemble. Je lui ai répondu que cette histoire, elle savait bien qu'elle avait déjà commencé. Alors, j'ai caressé sa joue, passé ma main dans ses cheveux et j'ai posé très doucement mes lèvres sur les siennes.

Il fallait que Lou retourne chez elle et puis nous n'avions aucun lieu où aller. Le café fermait et, comme nous ne voulions pas rentrer, il devait être déjà deux ou trois heures du matin, nous sommes partis chercher un autre endroit où repousser un peu le moment de nous quitter. À cette heure, le seul encore ouvert était une sorte de bar situé à deux pas de chez moi, logé dans un sous-sol où se bousculait une clientèle d'adolescents hypnotisés par le bruit et la lumière que diffusait dans la pénombre un gigantesque écran de télévision. Tous ces grands garçons et toutes ces grandes jeunes filles ne se parlaient pas (de toute façon, la musique était si forte qu'ils ne se seraient pas compris), ils ne se touchaient pas (du moins pas davantage que ne les y forçait l'incroyable exiguïté du local). Nous étions si simplement seuls parmi eux, protégés par l'obscurité, plus enfants qu'eux tous qui avaient pourtant dix ou vingt ans de moins que nous, allant chercher refuge dans le noir qui abritait, avec nos deux corps, tout l'émerveillement de se sentir de nouveau vivants.

Le goût des lèvres qui s'écartent, la bouche qui s'ouvre, les langues qui tournent, les mains qui se font un chemin autour des hanches (pour moi), qui viennent se poser sur les épaules (pour elle), à travers les vêtements, la pression des seins contre le torse, enfin toute la féerie ordinaire d'aimer à son commencement. C'est tout ce dont je me souviens. Et puis nous sommes sortis. Dans la rue, j'ai poussé Lou sous un porche. Tout en continuant à l'embrasser, je me suis mis à la caresser. Sous ses vêtements, je voulais sentir sa peau, relever sa robe. Je me suis aperçu qu'elle portait des bas et j'ai désiré toucher la peau au-dessus des cuisses et puis mettre mon visage entre ses seins. Lou se laissait faire. Je n'étais pas excité. J'étais étonné de ne pas être excité. Mais je n'en étais pas inquiet. J'étais tout entier à la formidable douceur de sentir cette femme contre moi. Mes bras, mes mains apprenaient pour plus tard la forme de son corps et cela me suffisait. Je la tenais tout entière contre moi et je laissais sa langue entrer dans ma bouche, faire de ma langue, de mes lèvres ce qu'elle voulait.

Le lendemain, Lou a appris le décès de l'un des membres de sa famille. L'enterrement devait avoir lieu le samedi suivant. C'était le prétexte rêvé pour nous retrouver. Lou a mis sa mère dans la confidence de son amour nouveau pour moi. Nous avons décidé que je la retrouverais à Angers après les funérailles et que nous passerions quelques jours ensemble. Elle simulerait assez de chagrin pour prétendre devoir rester un peu seule dans sa famille. Elle laisserait sa fille au père de celle-ci. C'était son premier vrai mensonge. Et ni elle ni moi ne pensions qu'il prêtait vraiment à conséquence. L'amour nous donnait tous les droits.

Sous les murailles énormes du château, j'ai attendu longtemps dans un café sinistre. Je ne pensais à rien. Lou m'a rejoint. Elle paraissait radieuse, légère, confiante. Toute la douleur de l'enterrement était passée sur elle sans même qu'elle en ait conscience. Elle la tenait pour rien. Son cœur était ailleurs : la cruauté de l'amour, son insensibilité la possédaient tout à fait. Nous avons pris la voiture. L'hôtel où j'avais réservé une chambre se trouvait à une petite heure de route. Romantiquement, j'avais voulu l'emmener dans un endroit assez chic et assez cher pour éviter un peu du sordide de la situation. L'hôtel était installé dans un manoir très ancien, un peu à l'écart de la ville, et dont les fenêtres surplombaient un grand parc tout imbibé de nuit.

Nous sommes montés jusqu'à la chambre. Je n'avais rien prévu de ce décor : les boiseries des couloirs et les candélabres, la pièce immense avec le gigantesque lit sous un baldaquin, les tapisseries et le mobilier ancien, tout cet air vétuste et irréel, ce luxe un peu inconsistant auquel ni elle ni moi n'étions vraiment habitués. Nous avons posé nos sacs dans l'entrée et j'ai poussé Lou jusqu'au lit.

Personne ne dit jamais rien du formidable fiasco des premières nuits. Ni dans les livres ni dans la vie.

J'ai fait tomber la robe de Lou à ses pieds. Je l'ai vue tout entière dans l'inoubliable apparat de la lingerie. Inoubliable, oui. Dans la semi-obscurité, les bas, le noir de la dentelle, la longue pâleur du corps renversé. J'ai fait passer mes lèvres, mes doigts sur sa peau. Tandis que je l'embrassais, que je la caressais, elle a glissé ses mains par l'ouverture de ma chemise qu'elle a défaite puis, quand elle a eu desserré ma ceinture, je me suis à mon tour dévêtu. Dans le lit, nous étions maintenant tous les deux nus, dans les bras l'un de l'autre, avec, de sa bouche à la mienne, un seul long baiser qui n'en finissait plus, tel un ravissement inouï et suffisant.

Les corps qui tournent, l'impression irréelle de vertige, l'enveloppement des bras, des jambes, la certitude d'exister comme jamais, toute la peau transformée tout à coup en une merveilleuse surface vibrante qui semble capter l'interminable douceur d'une pluie invisible et qui descend du plafond, les mains, la bouche ouverte pour recevoir un trésor unique et que chaque baiser, chaque caresse renouvelle pourtant. C'était bon. C'était vrai. Je le lui disais entre deux baisers. Le soir tombait sur nous et il nous prenait tous les deux dans sa formidable douceur. J'en oubliais presque qu'il y avait encore autre chose à attendre de deux corps ainsi liés l'un à l'autre.

C'est seulement après un bon moment que j'ai réalisé que je n'étais pas devenu aussi dur que j'aurais dû l'être. Lou semblait d'ailleurs assez peu s'en soucier. Elle se laissait faire avec des petits mots de plaisir. J'avais fait glisser ma tête entre ses cuisses et il avait suffi que je prenne entre mes lèvres le sommet de son sexe, que je le fasse rouler avec le bout de ma langue un tout petit moment, pour qu'elle se mette à gémir. Je crois qu'elle était dans un tel état magnifique de contentement qu'elle aurait pu jouir sans même que je fasse un geste vers elle. C'est d'ailleurs plus ou moins ce qui s'est passé. L'éblouissement amoureux agissait comme un formidable stupéfiant sur tout son corps. Et j'étais le pur témoin de ce phénomène auquel je participais à peine et auprès duquel plus rien d'autre ne comptait.

En m'aidant de la main, j'ai essayé malgré tout de faire entrer mon sexe dans le sien. Et quand j'ai compris que je n'y parviendrais pas, j'ai collé mon corps derrière celui de Lou. Mes lèvres étaient sur son cou, embrassant la peau, les cheveux, entre la nuque et l'oreille. Ma main gauche tenait ses seins. J'ai fait entrer ma main droite dans son sexe, extraordinairement ouvert. J'ai à peine eu à faire bouger mes doigts. Très vite, j'ai entendu Lou gémir doucement, la bouche fermée, de ce magnifique murmure montant du fond même du corps. Elle a chuchoté de m'arrêter mais elle a posé sa main sur la mienne pour la maintenir en elle. Et autour de mes doigts, je sentais les spasmes répétés de son sexe qui parcouraient tout son ventre.

J'étais maussade cependant, un peu consterné d'avoir pu donner l'impression à Lou que je ne la désirais pas. Je m'en voulais. On dit parfois que l'impuissance naît non de l'absence du désir mais de son excès. Je ne sais pas. Mais sans doute est-ce ce que Lou s'imaginait. Elle était si merveilleusement assurée de son propre désir pour moi qu'elle ne doutait pas un instant de l'existence, en moi et pour elle, d'un désir aussi sûr et aussi décidé que le sien. Elle prenait la chose avec le plus grand naturel et la plus totale légèreté, à la manière d'une péripétie sans grande conséquence et sans vraie signification. La grande gaieté qui s'était levée en elle effaçait tout le reste.

Nous sommes descendus dîner dans la sinistre et splendide salle du restaurant où une demi-douzaine de jeunes et de vieux couples mangeaient sans dire un mot sous la surveillance guindée des serveurs. J'étais inquiet à l'idée que Lou m'en veuille malgré tout, qu'elle s'imagine que je manquais d'amour pour elle. Ou bien : que la pensée d'Alice me détournait ainsi d'elle. J'avais la tête vide. J'étais juste obsédé à l'idée de ce qui se passerait quand nous retournerions dans la chambre. Et en même temps, toute cette angoisse me semblait très lointaine. Le cadre affecté et un peu risible dans lequel nous nous trouvions donnait à toute la scène une apparence un peu burlesque mais, au fond, très tendre et infiniment douce. Comme dans un rêve, rien ne prêtait à conséquence. Nous étions ensemble.

Au moment du café, comme je voulais allumer un cigare, on nous a fait passer dans un petit salon où on nous a laissés seuls. Une immense fatigue pesait sur nous. Nous avions envie de rire de tout ce qui nous entourait. Sur le grand canapé de cuir où nous étions assis côte à côte, Lou s'est étendue et, ouvrant mon pantalon, elle a commencé à sucer mon sexe que sa langue rendait plus dur tout à coup. J'aurais voulu jouir dans sa bouche. Mais je savais que je n'y arriverais pas. J'étais pressé de la reconduire jusqu'à la chambre, de passer à travers l'immense trompe-l'œil de la réception, du grand escalier, des couloirs boisés pour la renverser sur le lit et sombrer avec elle dans le grand sommeil réconfortant de la nuit.

Nous avions quelques jours devant nous. Et ces jours furent comme une seule et longue nuit.

Je ne veux pas dire que nous sommes restés au lit tout ce temps : en fait, chaque matin, nous partions pour un nouvel hôtel. Nous prenions la route, nous allions déjeuner quelque part sur les bords de la Loire ou bien sur la côte, choisissant au hasard l'une ou l'autre des grandes stations balnéaires qui font comme un ruban continu de sable et de bitume le long du littoral, marchant sur la plage, nous arrêtant tous les trois pas pour échanger un baiser, nous allongeant sur le sable puis marchant un peu plus loin vers la mer qui montait. Janvier finissait à peine. Et le soleil brillait dans le froid vif d'un ciel tout dégagé de nuages.

Puis nous nous retrouvions dans la chambre indifférente d'un nouvel hôtel et vite nous glissions nus entre les draps. L'idée de n'avoir pas pu prendre Lou le premier soir m'exaspérait. Et l'exaspération redoublait sans doute ma maladresse. La deuxième nuit, j'ai faufilé mon sexe dans le sien. Il faut dire qu'elle était si magnifiquement ouverte pour moi que je n'avais aucun mérite à y parvenir. Je la sentais sous moi immensément humide. Je ne peux pas dire que je l'ai prise. Disons plutôt que je me suis vaguement caressé à l'intérieur d'elle. Je ne parvenais pas à durcir tout à fait mais, quand j'ai joui malgré tout, j'ai eu l'impression de me répandre complètement en elle avec de très longs spasmes à mon tour, surpris moi-même de chaque nouvelle éjaculation, ayant l'impression soudaine de me libérer, même d'une manière pitoyable, de la frustration de la soirée précédente et, avec celle-ci, de quelque chose de plus ancien qui m'avait accompagné depuis des années, depuis toujours peut-être.

Ce fut une seule nuit. Et je voudrais qu'elle n'eût jamais fini.

IV

Il paraît que l'amour n'est pas la grande affaire dans l'existence des hommes, qu'ils ne grandissent pas en pensant qu'il y a devant eux cette chose affolante, ce souci d'être à quelqu'un d'autre où se tient tout le sens possible de leur vie. Il paraît que de telles fables sont l'affaire exclusive des femmes. Que ce sont elles seules qui calculent tout de leur temps en raison de l'amour qui viendra.

Je ne sais pas. Il me semble que j'ai toujours pensé que l'amour m'attendait, que j'allais à sa rencontre, et que si par malheur je le manquais, j'aurais tout manqué avec lui. Qu'il n'y avait au fond rien d'autre que cela à attendre de la vie.

Rien d'autre, oui, si ce n'est l'amour. Et comme l'écrit un poète, tout le reste m'est feuilles mortes.

Quand nous sommes rentrés, rien n'était réglé.

Quelques jours plus tard, alors que j'appelais Lou, j'ai compris que quelque chose n'allait pas. Elle sortait de chez le médecin. L'homme avec qui elle vivait l'avait frappée au visage. Les marques qu'elle portait, elle ne voulait pas que je les voie. Je n'ai jamais vraiment su ce qui s'était passé. Lou m'a assuré qu'elle ne lui avait rien dit. Mais je me doutais bien qu'elle avait tellement hâte d'être délivrée de lui qu'elle pressait maintenant leur histoire vers le pire.

Lou racontait qu'elle n'avait jamais vraiment aimé cet homme, qu'elle s'était engagée à contrecœur dans une histoire à laquelle elle ne croyait pas, qu'elle s'était découverte très vite enceinte sans l'avoir voulu et que la maternité avait recouvert pendant quelques mois sa certitude de devoir partir tôt ou tard. Elle racontait parfois des choses plus terribles aussi. Lui était tombé dans un trou profond comme l'existence en ouvre, au fond, assez souvent. L'alcool lui était un vertige auquel il s'abandonnait. Il restait stupéfié des nuits entières puis sortait de son hébétude pour dire des paroles atroces à Lou, lui faire des scènes. Je rapporte toutes ces choses parce que je ne crois complètement à aucune (sinon, par respect pour lui, pour sa fille, je n'en dirais rien). Je pense simplement qu'il fallait qu'il se transforme en ce personnage impossible afin que Lou se détache tout à fait de lui. Peut-être l'avait-il compris. Peut-être l'avait-il même décidé pour qu'elle s'éloigne enfin de lui et redevienne libre.

Je ne le connaissais pas. Je l'ai aperçu quelquefois. Un jour, il m'a téléphoné pour me dire deux ou trois horreurs sur un ton calme et froid. Plus tard, certaines nuits, quand je dormais chez Lou, il passait la moitié de la nuit à la harceler aussi : hurlant au bas de l'immeuble, défonçant la porte cochère à coups de pied, menaçant de monter. Lou disait qu'il était très violent et complètement fou, qu'un jour il viendrait me trouver pour me régler mon compte. J'avais parfois l'impression malsaine qu'elle espérait qu'il le fasse. Je n'avais pas peur. Je n'ai aucun mérite. Simplement, je n'ai jamais réussi à croire que la violence physique existait.

C'est une chose étrange à dire : pourtant de tous les hommes auxquels Lou était liée, il est celui pour lequel j'ai toujours eu le plus d'estime. Tous les autres — ceux qu'elle fréquentait en mon absence, qui désiraient coucher avec elle et qui parfois y sont plus tard parvenus — m'apparaissaient comme de médiocres calculateurs, de minables séducteurs, sinistres et sournois, indignes d'elle et de nous.

Lui dégringolait tout à fait. Et c'était bien la preuve qu'il aimait Lou. Autant ou même davantage que moi. Elle le quittait pour moi. Néanmoins, je n'ai jamais eu l'impression de la lui avoir prise et de pouvoir en tirer de la fierté ou bien une satisfaction de vanité. Même au moment le plus euphorique de ma passion, le pressentiment existait en moi : ce qu'il était en train de devenir, lorsque l'amour viendrait à manquer entre Lou et moi, je le serais à mon tour.

Il fallait que Lou s'en aille, qu'elle s'éloigne de lui. Étrangement, il lui a facilité les choses : le délabrement physique et mental dans lequel il sombrait, aggravé par l'abus d'alcool et de médicaments, a alerté le médecin qu'il était allé consulter pour obtenir le renouvellement d'une prescription d'antidépresseurs. Il s'est laissé convaincre sans mal d'aller se reposer dans une clinique, le temps de retrouver ses esprits, de refaire ses forces, de se désintoxiquer aussi.

En son absence, Lou a organisé le déménagement de ses affaires qu'elle a fait déposer dans un garde-meuble. Depuis quelques semaines, elle cherchait un appartement où s'installer. Elle s'est décidée pour l'un de ceux qu'elle venait juste de visiter et qui devait se libérer d'ici deux mois. En attendant, elle habiterait chez l'une de ses amies, confiant son enfant à sa mère.

Les choses se sont passées ainsi sans que nous ayons eu, ni elle ni moi, le temps de réfléchir à l'existence nouvelle vers laquelle nous nous dirigions. Lou n'avait pas quitté pour moi l'homme avec lequel elle vivait. Sa résolution à partir précédait le début de notre histoire — et en un sens, elle l'avait même suscitée. De même, la question de ma séparation d'avec ma femme ne se posait pas car, pour moi, et à ce moment-là du moins, je considérais cette séparation comme presque acquise : Alice ne cherchait même pas à dissimuler le contentement que lui procurait la relation amoureuse dans laquelle elle s'était engagée, toute l'excitation qu'elle trouvait dans l'étourdissement de plaisirs adolescents (sortir, séduire, s'amuser) que notre mariage et sa maternité précoce (sans même parler de la maladie puis de la mort de notre fille) ne lui avaient jamais permis de connaître avec moi, elle rentrait plus rarement chez nous, elle le faisait seulement par inquiétude pour moi, et chaque fois les moments que nous passions ensemble étaient plus lourds et insupportables de tristesse.

Les quelques semaines qui ont séparé le début de notre histoire de l'installation de Lou dans son nouvel appartement ont été, pour elle et pour moi, le temps d'une clandestinité magnifiquement heureuse.

Lou vivait donc chez une amie. En tout cas, elle y vivait le temps que nous ne passions pas ensemble. Je la retrouvais chaque jour à son bureau. Nous partions déjeuner tous les deux. Le plus souvent, nous nous donnions rendez-vous pour dîner et nous finissions la nuit à l'hôtel.

Parfois, je rentrais chez moi où il m'arrivait de retrouver Alice. Parce qu'elle savait que j'étais de moins en moins là, et parce qu'elle savait pourquoi, désormais, elle se dispensait de plus en plus souvent de rentrer. Elle était passée tout à fait dans une autre vie. Lou, elle, partait quand elle le pouvait pour Angers, y retrouver sa mère et sa fille. Le reste du temps, nous nous trouvions toujours ensemble.

Nous étions entrés dans une sorte d'exil enchanté sans aucun lieu où nous attacher. Ni Lou ni moi n'avions de maison pour nous retrouver. Tout le temps, nous nous tenions dans la rue, allant d'un bar à l'autre, nous arrêtant ici ou bien là, échangeant un autre baiser. J'arrêtais Lou sur le trottoir et je la serrais sans raison contre moi, je l'enveloppais dans mes bras et nous restions stupidement l'un contre l'autre, tout à fait semblables aux très jeunes amants que nous n'étions plus.

Il y a une providence qui protège tous ceux qui s'aiment. Notre insouciance faisait grandir autour de nous la bienveillance d'un merveilleux néant très léger qui nous isolait de tout. Dans une ville aussi petite que celle où nous vivions, nous aurions dû rencontrer sans cesse des gens de connaissance. Cela n'est jamais arrivé — sinon, peut-être, deux ou trois fois. De toute façon, nous n'y accordions aucune importance. Qu'aurions-nous eu à cacher ?

On dit de ceux qui s'aiment qu'ils sont seuls au monde. Et c'est vrai. Il suffit d'un seul pas fait de côté. Et l'on bascule sans scrupule dans le formidable esseulement du bonheur.

Nous faisions l'amour partout.

Dans la journée au bureau de Lou où je la retrouvais. Je m'installais sur sa chaise et elle venait sur moi. Elle relevait sa jupe, baissait mon pantalon, prenait mon sexe dans sa main, le glissait dans le sien et puis bougeait. Ou alors, je l'allongeais sur la moquette mal fixée que les mouvements de nos deux corps déplaçaient, plissaient, y laissant toutes sortes de formes et de rides. Le téléphone sonnait dans le vide. Elle ne décrochait pas. Des voix laissaient des messages sur le répondeur et leur insignifiance nous faisait sourire. Parfois, un bruit de pas dans l'escalier nous obligeait à nous relever, nous rhabiller en hâte.

Le soir, après dîner, nous nous rendions dans tel ou tel hôtel où, quelques heures auparavant, j'avais pris soin de réserver une chambre. Nous arrivions tard et sans bagages. Les employés de la réception n'avaient pas l'indélicatesse de me demander de régler à l'avance. Ils nous donnaient la clé et nous laissaient monter tout seuls. Nous avions le sentiment qu'ils étaient tous dans la confidence de notre amour et qu'ils l'approuvaient (l'univers tout entier, pensions-nous, nous donnait raison). Découvrir une chambre nouvelle était un jeu. Nous inspections les lieux, ouvrions la fenêtre, regardions la nuit sur laquelle elle donnait. Lou allait inspecter la salle de bains, y disposer les affaires qu'elle sortait de son sac à main. J'allumais la télévision par curiosité pour les chaînes que nous n'aurions pas l'envie de regarder. Et puis nous passions dans les bras l'un de l'autre. Nous faisions l'amour. Bien ou mal. À cette époque, bien beaucoup plus souvent que mal. Et même lorsque nous le faisions mal, nous trouvions cela extraordinairement bon malgré tout.

Il y avait l'Hôtel de la Duchesse Anne — où nous sommes allés souvent — qu'un incendie a depuis dévasté et dont les fenêtres donnaient sur le château. Mais parfois, l'organisation d'un congrès dans la ville, l'afflux importun des touristes remplissant tous les lits acceptables de la région nous obligeaient à nous rabattre sur des établissements de moindre qualité : des hôtels où s'aggloméraient des familles immigrées, que fréquentaient les plus misérables des voyageurs de commerce et où seule la « suite » se trouvait encore libre, local minable où la peinture écaillée pendait des plafonds, avec un matelas douteux disposé parmi un mobilier de récupération, où le ménage semblait ne pas avoir été fait depuis des semaines.

Quand nous en avions assez, nous quittions la ville et partions passer un ou deux jours sur la côte ou bien — et cela permettait à Lou de retrouver sa fille — dans tel ou tel site des bords de la Loire. Avant de la conduire jusqu'à Angers, nous déjeunions à la terrasse d'un restaurant surplombant la Maine puis, un peu ivres, nous marchions dans la campagne, suivant un chemin de halage qui très vite nous conduisait au milieu de nulle part. Nous franchissions deux ou trois barrières de barbelés et nous retrouvions absolument seuls. En plein air, sous le soleil renaissant du premier printemps, nous faisions l'amour par terre. Dans l'herbe, je me laissais jouir, sous le bleu du ciel, dans le vert de l'herbe, tout près de l'eau qui coulait vers le lointain. Une fois, ce fut sous l'œil de quelques chèvres à leur piquet qui nous observaient depuis la clôture de leur pré.

Il y a eu tous ces gestes. Ils sont faits pour le silence, le secret. Et enfin pour l'oubli.

Ne pas laisser la mémoire tout mélanger est assez compliqué.

Nous nous aimions. Nous le savions et nous ne le savions pas. La certitude immense de notre amour nous entourait de toutes parts et nous faisions comme si nous ne la remarquions pas.

L'enchantement où nous nous trouvions ne parvenait pas à nous faire oublier tout le reste, certainement. Nous ne nous promettions rien. Peut-être était-ce par superstition et parce que nous étions convaincus d'être prochainement tout à fait l'un à l'autre. Considérer l'avenir comme acquis n'aurait servi, pensions-nous, qu'à ruiner notre chance. Et puis, sans doute, éprouvions-nous cette prudence imbécile qui vient aux gens heureux lorsqu'ils ne veulent pas s'avouer — et même à eux-mêmes — l'émerveillement incroyable avec lequel leur vie se confond tout à coup. Nous nous refusions à croire complètement à ce qui nous arrivait.

Quand joue-t-on le plus la comédie ? Lorsque, aimant, on fait semblant de ne pas aimer tout à fait ? Ou bien quand n'aimant pas, on fait semblant d'aimer malgré tout ? Lou ne me demandait rien concernant notre avenir. Moi, je me taisais. Nous avions peur que la première parole prononcée ne nous rende au néant dont la chance nous avait sortis.

Si Lou s'était installée dans son nouvel appartement, elle revoyait parfois l'homme dont elle avait partagé la vie, sorti de la clinique, ayant repris pour un temps son travail. Comme elle le disait, il restait le père de sa fille. Cela lui donnait une excuse suffisante pour ne pas renoncer à lui tout à fait. Parfois, elle le recevait chez elle. Ou bien, elle allait passer avec lui et leur fille le dimanche au bord de la mer. En famille. Il est arrivé plusieurs fois qu'il reste la nuit dans son lit.

De longue date, j'avais accepté une série d'invitations pour le Japon. Je devais être parti pour un mois. Il était prévu qu'Alice me rejoigne à la fin de mon séjour. Elle l'a fait et a passé avec moi une dizaine de jours : à Tokyo puis dans le sud, vers Kobe et puis Hiroshima, dans ce pays où nous avions été heureux tous les deux et qui nous restituait la nostalgie douce et fausse d'avoir été ensemble autrefois. Le congé que je prenais de Lou me contentait en vérité. Je voulais faire comme un pas de côté dans ma vie, laisser pour un temps l'intensité presque irréelle du plaisir que sa seule présence me procurait. J'étais certain de ne pas pouvoir la perdre et que quelque chose d'aussi irréversible que l'amour m'unissait à elle désormais. Depuis la chambre de mon hôtel à Tokyo, je lui téléphonais à son bureau. Avec le décalage horaire, son jour était ma nuit. Il suffisait que je l'entende. Quelques minutes étaient assez. Sa voix vérifiait tout. Deux ou trois phrases me rendaient tout son corps. Je devenais dur aussitôt. Quand j'avais raccroché, je n'éprouvais pas même le besoin de me faire jouir dans mon lit. Je me laissais simplement aller à la grande quiétude sans souci du sommeil.

Les tout premiers mois, épisodiquement, je faisais l'amour encore à Alice tout comme Lou parfois couchait avec l'homme dont elle se disait pourtant séparée. Mais à mon retour du Japon, notre vie a pris une tournure nouvelle. Le jour même où je suis rentré, malgré l'embarras de notre séparation, je n'ai pas eu trop de mal à convaincre Lou de m'entraîner chez elle. Nous avons passé l'après-midi au lit. Nous nous sentions trop proches l'un de l'autre pour avoir l'impression de nous être quittés et de devoir vivre quelque chose comme des retrouvailles. Entre Lou et son ancien amour, il a dû y avoir une colère nouvelle, plus violente que les précédentes. Ou bien, elle lui a dit des mots, de ceux qu'on ne peut pas supporter et qui font que tout, entre une femme et un homme, se finit pour de bon tout à coup. Je ne sais pas. Toujours est-il qu'à un moment, tout s'est passé comme si elle avait cessé d'exister pour lui. Il ne la harcelait plus. Il n'appelait plus jamais et si, elle, elle lui téléphonait afin de lui donner des nouvelles de leur fille, il ne décrochait pas, laissait sonner dans le vide, ne répondait à aucun message.

Un dimanche après-midi — ce devait être quelques jours, quelques semaines peut-être après notre retour du Japon —, parce que nous avions perdu toute possibilité de nous occuper à quoi que ce soit, que les heures que nous passions ensemble étaient comme énervées par un lent désœuvrement, Alice et moi étions au lit, chacun de son côté, faisant la sieste, laissant s'étirer le temps vide d'une journée sans emploi. Les membres qui se mêlent malgré eux, les mains qui se touchent, l'aimantation des épidermes, l'infatigable familiarité des corps, l'automatisme tendre des attitudes, non pas l'habitude mais l'intuable amour dont la mémoire survit physiquement même à la méfiance et au chagrin : nous nous sommes retrouvés dans les bras l'un de l'autre une fois encore et sans vraiment l'avoir voulu.

C'est Alice qui m'a arrêté, disant qu'il était trop difficile de faire l'amour avec deux personnes à la fois. Je me suis retiré aussi doucement que j'ai pu. Nous sommes restés allongés l'un près de l'autre. En un sens, j'ai été soulagé qu'elle dise cette phrase dont je n'aurais sans doute pas trouvé le courage. Elle n'était l'expression d'aucun dégoût, d'aucune répulsion. Juste l'énoncé d'une grande vérité qui nous surplombait et à laquelle nous ne pouvions rien, dont nous devenions comme les témoins tristes et fascinés. D'autres le peuvent certainement. Nous y serions parvenus aussi bien qu'eux si nous l'avions voulu. Physiquement, rien n'était plus facile. Mais ce commerce-là — faire l'amour à deux personnes à la fois, reproduire avec l'une les gestes que l'on vient juste de faire avec l'autre, laisser le désir passer d'un corps à l'autre comme si ces deux corps étaient interchangeables —, il y avait quelque chose en nous qui n'y consentait pas. Tenace, imprévu, fidèle, au fond, peut-être était-ce encore l'amour.

V

« Je vous souhaite d'être follement aimée. »

C'est le seul vœu que tous les hommes devraient former pour toutes les femmes, et la seule promesse à leur confier quand elles sont petites filles.

Tant de temps passera que l'on ne peut concevoir. L'impardonnable, un jour, est de n'avoir pas cru aux contes de fées. Puisque la pire folie — et pourtant la seule excusable — est de croire en la vie, quoi qu'il advienne — et comme c'est l'insupposable qui doit advenir —, il y aura, si on l'a assez voulu, ce moment où la prophétie adviendra, où la promesse sera tenue.

D'ailleurs, elle l'a déjà été.

« Ce que j'ai aimé, que je l'aie gardé ou non, je l'aimerai toujours. »

Lou avait une fille qui se nommait Léa.

Je l'ai rencontrée alors qu'elle n'avait pas encore deux ans. À ce moment-là, Lou n'avait pas quitté l'homme dont elle disait qu'il restait — malgré tout — le père de sa fille. Habitant toujours avec lui, elle était juste sur le point de partir. Et nous deux, nous étions dans l'émerveillement de notre vie nouvelle. Alors, Léa était tombée malade — d'une maladie d'enfant sans vraie gravité, la fièvre, l'abattement, le sommeil tout secoué de rêves, la nécessité de garder le lit pour deux ou trois jours, une semaine peut-être, et, pendant tout ce temps, le médecin venu en visite, l'impossibilité pour Lou de s'absenter et de me rejoindre, le devoir pour elle de rester auprès de sa toute petite fille.

En début d'après-midi, Lou m'a téléphoné pour me dire que je pouvais passer chez elle, que Léa dormait, assommée par la fatigue, que lui ne rentrerait pas avant la fin de la journée, qu'il venait juste d'appeler pour dire qu'il avait un ou deux rendez-vous encore et que son travail le tiendrait très certainement éloigné pour plusieurs heures au moins. Je n'ai pas réfléchi longtemps malgré l'embarras que j'éprouvais à me rendre ainsi chez un autre. Me priver de Lou — même provisoirement — me paraissait trop stupide. Et je crois que la curiosité que j'avais de Léa me poussait à dire oui. Je ne voulais pas arriver les mains vides. J'ai acheté un cadeau pour Léa que je ne connaissais pas — un livre d'enfant — et un autre pour Lou — de quoi goûter dans une pâtisserie parce que je savais qu'elle n'avait pas pu sortir faire des courses et qu'elle était restée sans déjeuner depuis le matin.

Je me suis trouvé au bas de l'immeuble — l'immeuble où depuis quelques jours je raccompagnais Lou avant de la laisser remonter chez elle, sous le porche où dans le noir de la nuit nous ne nous quittions plus désormais sans avoir échangé plusieurs dizaines de baisers et de promesses. J'ai sonné à l'interphone et j'ai grimpé les escaliers jusqu'au dernier étage.

Lou a ouvert et m'a conduit jusqu'à la cuisine. Léa venait de sortir de sa sieste. Il y avait ce petit corps de toute petite fille assis dans la chaise haute. Quelques boîtes de médicaments étaient posées sur la table. Elle finissait sans appétit un dessert la serviette nouée autour du cou. De ses grands yeux d'enfant creusés par l'inconfort de la fièvre, elle me regardait avec gravité. Me présentant, Lou lui a dit que j'étais le nouvel amoureux de sa maman. Elle était trop petite pour parler. Mais assez grande, je crois, pour comprendre.

Léa tombait de fatigue et Lou est allée la coucher. Nous sommes restés seuls dans cette maison qui n'était pas la nôtre. Lou ne voulait pas que nous allions dans sa chambre. En vérité, je n'en avais pas vraiment envie. Elle m'a entraîné jusqu'au salon. Je me faisais l'impression d'être un intrus : jeté parmi des meubles, des objets qui racontaient une autre histoire que celle qui, pour nous, commençait, une histoire déjà passée et dont je n'avais le désir de rien savoir, dont je ne voulais retenir aucune image pour plus tard. Le corps de Lou m'attirait cependant. Et la réciproque était vraie. Elle m'a poussé sur le canapé. Elle voulait de moi dans sa maison. Je me suis laissé branler et j'ai joui sur le drap violet tendu au-dessus des coussins. Je l'ai aidée à remettre un peu d'ordre autour de nous avant de m'en aller.

Le lendemain, au téléphone, Lou m'a juste raconté que, une fois rentré, le père de Léa avait été étonné de trouver le paquet inentamé de la pâtisserie, les gâteaux auxquels nous n'avions pas touché et qui avaient fait le dessert de leur dîner. Elle n'avait rien trouvé d'autre à lui dire : c'était un cadeau de son amant passé lui rendre visite. La vérité semblait trop énorme et c'est pourquoi elle avait l'apparence très précise d'un invraisemblable mensonge.

Avec Léa, j'ai vécu une histoire d'amour aussi — une histoire dont je sais que, devenue grande, elle ne se rappellera rien mais qui, pour moi, j'en suis certain, aura compté de façon très mystérieuse dans ma vie.

Lorsque Lou et Léa se sont trouvées installées dans leur nouvelle maison, une vie de famille s'est formée d'elle-même à l'intérieur de laquelle une place restait vide et qui m'attendait. Pendant plusieurs mois, le père de Léa a totalement disparu, ne donnant aucune nouvelle, semblant avoir tout oublié de son existence ancienne et jusqu'à celle de sa fille. Puis, le temps passant, il a accepté de revoir son enfant, la prenant avec lui à la sortie de l'école ou bien le samedi après-midi, juste pour quelques heures, de façon très irrégulière, laissant s'écouler souvent plusieurs semaines entre deux visites, se refusant toujours obstinément à échanger un mot avec Lou, se contentant de convenir avec elle de l'heure et du lieu où, dans la rue, ils échangeraient Léa. Moi, à mesure qu'il se faisait toujours plus absent, je m'installais dans la fantastique douceur que faisait s'épanouir la présence de cette mère et de cette enfant aux côtés desquelles je retrouvais la grande et évidente simplicité banale de vivre, rendu au temps, au monde.

J'ai été — j'aurai été malgré tout — l'homme auprès de qui cette petite fille a grandi, apprenant à parler, découvrant le monde, la merveille pourtant d'être en vie, toute la fantaisie des apparences qui laisse si perplexes les tout petits enfants. Immédiatement, Léa a pris ma présence avec le plus grand naturel. J'étais là, pourquoi pas ? Sa mère semblait m'aimer. Sans doute faisais-je l'affaire aussi bien qu'un autre. Et s'il faut un homme dans la vie des femmes et dans celle de leurs filles, à tout prendre, j'en valais bien un autre. Dans la rue, quand nous nous promenions tous les trois, avec confiance, elle mettait sa main dans la mienne. Le soir, avant de s'endormir, elle demandait que je vienne dans sa chambre, lui lise un livre parfois, l'embrasse enfin et lui souhaite bonne nuit. Souvent, elle se réveillait vers les trois ou quatre heures du matin et, comme une petite somnambule, elle grimpait l'escalier qui conduisait à la chambre de Lou. Elle restait silencieuse, plantée toute droite devant le lit où nous dormions, et l'un ou l'autre, tiré du sommeil par sa présence immobile, la découvrait, la reconduisait jusque dans sa chambre. Quelque chose l'appelait vers nous qu'elle ne pouvait pas comprendre mais qui, irrésistiblement, la tirait du sommeil. Elle voulait vérifier notre présence et qu'il y avait, au-dessus d'elle, un homme et une femme sur l'existence desquels elle pouvait compter même au moment des heures les plus profondes de la nuit. J'étais cet homme. Stupidement, je me dis parfois que si ma vie a servi, c'était à cela. Pas pour le reste qui n'existe que dans la fausse lumière du jour : la vanité sociale d'exister, d'avoir un nom à honorer, un rôle à remplir, une réputation menteuse dont on répond devant les autres. Non : juste être là, dans la vérité de la nuit, pour une femme et sa fille, comme je l'avais été pour Alice et Pauline, pour Lou et pour Léa.

Le matin, si Lou était en retard ou simplement pour lui laisser le temps de se lever en paix, après avoir préparé le petit déjeuner (le café, les oranges pressées, le biberon de lait, le chocolat en poudre, le pain grillé), je conduisais parfois Léa à l'école maternelle. Elle était attentive à ce que je respecte à la lettre le protocole très strict imposé aux autres parents, la conduisant jusqu'à la porte de sa classe (mais pas au-delà), saluant sa maîtresse, accrochant ses affaires au portemanteau marqué à son nom, l'embrassant devant les autres enfants et puis, depuis la cour de récréation, à son intention, lui adressant un signe d'au revoir à elle qui me guettait de derrière la fenêtre et me répondait en agitant la main. Toujours, on me prenait pour son père. Elle ne disait rien et cela la faisait sourire comme un secret dont nous seuls savions le sens.

Dans quelle mesure je comptais vraiment pour Léa, je ne peux pas le dire. Je remplissais juste un rôle pour lequel plus personne d'autre n'existait sinon moi. Ma présence visible, régulière, était le gage qu'un homme était là dans sa vie. J'avais été toujours frappé par l'extraordinaire pragmatisme des toutes petites filles, des futures femmes sachant que leur survie dépend de leur capacité à séduire, à susciter l'amour chez les hommes qui les entourent et à l'affection desquels elles doivent de ne pas être détruites par l'impitoyable machine machiste du monde. Léa avait jeté son dévolu sur moi. Comme Lou, peut-être, et à sa suite en somme. C'était de bonne guerre. Dans un univers de féroce solitude, je représentais simplement sa chance de survivre. Pas davantage sans doute. Il y avait sa mère, bien sûr. Mais il lui fallait aussi un homme et que je me trouve attaché à elle. Pour cela, elle mettait tout en œuvre, multipliant pour moi les signes d'un amour qu'à force de simuler, elle s'était sans doute mise à éprouver vraiment.

Avec Léa, cependant, un scrupule me retenait. La voyant grandir auprès de moi, je ne pouvais pas ne pas penser à ma propre fille. Tout ce que Léa découvrait de la vie, Pauline l'avait connu avant elle jusqu'au moment de disparaître. Le refaisant avec Léa, j'avais l'impression de manquer à Pauline, de lui être à elle infidèle. Ma vie nouvelle m'avait rendu totalement libre et indifférent à l'égard des opinions, des conventions. J'étais convaincu de n'avoir de comptes à rendre à personne. Pourtant, une inquiétude me restait : celle de croiser Alice en compagnie de Léa, lui donnant la main dans la rue, me promenant avec elle dans un parc, la conduisant le matin à l'école. Cela ne s'est jamais produit. Une providence me protégeait peut-être.

Un minuscule réseau d'interdits m'entourait pourtant. Je prenais garde à ne rien faire avec Léa de ce que j'avais fait avec Pauline : les livres que je lui lisais, les gestes que je faisais avec elle, je les choisissais systématiquement différents comme pour mieux me convaincre qu'avec elle tout était nouveau et sans rapport, que c'était une autre histoire que nous vivions ensemble et qu'elle n'avait rien de commun avec la précédente. Nous faisions semblant d'être l'un avec l'autre comme un père le serait avec sa fille. Je l'acceptais parce qu'il me semblait que Léa avait besoin de ce mensonge pour la distraire du chagrin, de l'angoisse où l'avaient laissée la séparation de ses parents, la désertion de son vrai père. Mais peut-être l'inverse était-il vrai davantage. Et c'était Léa qui, ayant tout deviné de moi, faisait semblant parce qu'elle avait compris que ce mensonge m'était à moi nécessaire, qu'il lui fallait jouer ce rôle auquel elle ne croyait pas afin de me tirer de mon propre chagrin, me ramener vers la vie où Lou et elle avaient besoin que j'existe avec elles. Je ne sais pas. Léa n'était pas ma fille. Je n'étais pas son père. Nous pouvions prétendre parfois le contraire. Du moins, le laisser croire. Malgré tout, nous savions, elle et moi. Il y avait ce secret très tendre entre nous — qui était la condition, l'un pour l'autre, de l'amour le plus vrai.

VI

Je me souviens de tout cela.

Âme, je m'en souviens.

Et de tout le reste que récitait le poème quand tu l'as dit ce soir-là : les vieux mots dont l'emphase fait sourire, parlant du Temps jaloux, celui qui donne et puis qui efface.

Où tout cela est-il passé ? Tout se tait. Il n'y a plus que le silence aujourd'hui pour dire : Ils ont aimé.

J'aimais tout de Lou.

Chaque jour était tout entier consacré à sa pensée. J'aimais son corps. Elle, je la voyais se lever dans chacun de mes rêves, dans toutes mes idées. Cela faisait dans ma tête, dans mon cœur, l'effet d'une obsession heureuse qui ne m'aurait pas laissé de trêve. Si je dormais avec elle, je me réveillais le premier et la voyais sortir doucement du sommeil auprès de moi. Auparavant, j'avais pris soin de l'envelopper dans mes bras, de presser contre elle, contre son dos, contre ses fesses, mon ventre, mon sexe — afin qu'elle sente à quel point j'étais déjà dur pour elle. Je me levais le premier. Ou bien je la laissais sortir du lit avant moi et marcher nue jusqu'à la chaise sur le dossier de laquelle attendait sa chemise de nuit. Je regardais sa démarche encore hébétée par le sommeil et toutes les courbes de son corps glisser dans le tissu.

Nous prenions un café. Parce qu'il fallait faire vite et que nous étions en retard, elle était sous la douche tandis que je me rasais ou me brossais les dents. Elle se maquillait encore nue quand je me lavais, peignant avec le fard son visage pour le dehors sans souci aucun de l'absolue nudité de ses reins que je regardais bouger depuis la baignoire. J'adorais plus que tout le moment où, remontée dans la chambre, elle s'habillait devant moi : les jambes qu'elle glissait debout dans les trous de la lingerie, le soutien-gorge dont elle fixait les attaches sur son ventre avant de le faire tourner et d'en remonter les bretelles sur ses épaules, les bas qu'elle remontait sur ses jambes, la robe enfin qu'elle faisait tomber sur son corps comme un rideau de théâtre avant de chausser ses escarpins. Aux toilettes quand elle voulait que je la rejoigne, elle laissait la porte entrouverte. J'entrais. Je m'agenouillais sur le carrelage devant elle et l'embrassais profondément, faisant tourner ma langue dans sa bouche tandis que j'écoutais le bruit qu'elle faisait en se vidant dans la cuvette, la robe relevée, les cuisses découvertes sur lesquelles je posais mes deux mains que je remontais jusqu'à ses hanches. J'écris ces choses non pas parce que je les pense uniques — avec toute femme amoureuse de moi, j'ai vécu les mêmes scènes — mais parce que je ne les ai jamais lues dans un livre.

Nous descendions l'escalier jusqu'à la porte de son immeuble et nous nous retrouvions dans la rue sous le regard des autres. Un couple ? Même pas, disait-elle, puisque c'était avec une autre que j'étais marié, avec laquelle je partageais mon nom, une même maison : je rentrais chez moi, pour me changer, ouvrir mon courrier, consulter ma messagerie, passer deux ou trois coups de téléphone, travailler (écrire) une ou deux heures avant de la retrouver (elle) à nouveau. Pourtant, personne ne pouvait se tromper sur ce qui nous unissait l'un à l'autre et qui, derrière tous les faux-semblants de la vie sociale, liait nos deux corps, leur donnait l'étrange éclat banal de l'amour égoïste et satisfait. Nous portions sur nos visages l'extrême impudeur du bonheur. Du moins, c'est ce que les gens souvent nous disaient. Nous n'avions besoin de rien dire, pas même de faire un geste l'un vers l'autre en public. En nous, quelque chose parlait à notre place et divulguait à tout-va ce dont nous ne cherchions même pas à faire un secret.

Chaque jour, nous déjeunions ensemble dans l'un ou l'autre des restaurants de la rue Jean-Jacques Rousseau ou bien du quartier du Bouffay. Nous différions le plus possible le moment de nous quitter. Parfois, nous nous séparions seulement en fin d'après-midi lorsque le temps était venu où Lou devait passer chercher sa fille à la sortie de l'école. Et une petite heure plus tard, étant passé chez moi, ayant fait deux ou trois courses pour le soir, je sonnais à la porte de sa maison — dont le sentiment grandissait chaque fois en moi qu'elle était également devenue la mienne.

Lou ayant couché son enfant, nous dînions longuement de rien, buvions souvent beaucoup, fumions interminablement, parlions sans savoir de quoi, poursuivant une conversation unique dont chacun de nous pensait qu'elle seule avait vraiment quelque chose à lui dire de sa vie. Puis, quand la soirée se trouvait assez avancée, nous nous allongions sur l'exigu canapé de velours rouge du salon, faisant peser avec précaution nos corps sur l'un de ses accoudoirs brisés, nous laissant bientôt glisser sur la moquette à la laine cramoisie. Là, très vite, nos habits abandonnés faisaient autour de nous comme une étrange roue de tissu sur le rouge sombre du sol — une roue tendre et magique au cœur de laquelle s'étendaient en croix nos deux corps. Nous nous embrassions et nos bouches faisaient s'élargir nos baisers jusqu'à ce qu'ils touchent et avalent nos épaules, nos ventres, le sommet de nos cuisses, nos sexes. Lou parfois montait sur moi et se faisait jouir infatigablement. Ou bien je la caressais. Et c'est seulement quand elle avait joui une première fois sous mes doigts, que je la prenais enfin vraiment, me vidant vite en elle, pressant mon propre plaisir, non par souci égoïste de lui mais pour le contentement complet de me répandre à mon tour et de me donner ainsi tout à fait. Mais si tout cela durait assez, je me trouvais incapable de jouir, ayant fait physiquement comme un pas par-delà mon plaisir, inexplicablement excité au point de m'imaginer en mesure de continuer à bouger ainsi toute la vie : ni le plaisir donné ni le plaisir reçu — encore que l'un ou l'autre fatalement finissent par venir — mais la très étrange possibilité soudain découverte d'un mouvement perpétuel conduisant jusque dans l'oubli sans souci de la nuit.

J'ajoute ceci : il y avait son corps mais c'était son âme aussi. Je ne sais pas d'autre mot que celui-là. Les deux sont identiques. L'un signifie l'autre et tous deux disent simplement l'intégrité de l'être aimé duquel on ne peut rien distraire et avec lequel c'est le même commerce qui se fait dans le jeu obscène de l'amour comme dans l'évidence pure et désintéressée d'être ensemble, soudain, entièrement l'un à l'autre.

Nous montions dans la chambre. Nous sombrions dans le sommeil. Ou bien nous refaisions l'amour. Nous nous trouvions réveillés au petit matin. Une nouvelle journée commençait. Et la merveille voulait qu'elle soit encore identique à celle qui venait de finir.

J'aimais tout de Lou et pourtant je ne cessais jamais complètement de penser à Alice.

L'amour de l'une n'enlevait rien à l'amour de l'autre et le laissait intègre, intact. Chacun de ces amours faisait naître comme un monde à part et parallèle où il était seul souverain.

Une incroyable, inlassable inquiétude m'attachait à Alice. J'avais toujours peur sans moi qu'elle ne tombe pour de bon dans le chagrin. Avant de m'endormir chez Lou, ou bien chez elle le matin au réveil, je ne manquais jamais de consulter le répondeur téléphonique de la maison et la boîte vocale de mon portable pour m'assurer que n'y figurait pas un appel à l'aide, un message de détresse. C'était devenu comme un rituel, l'accomplissement nécessaire du premier et du dernier geste de ma journée.

Je savais bien d'où me venait cette angoisse. Je voulais veiller sur Alice comme Alice et moi avions veillé sur Pauline. Je m'imaginais que les grandes heures sombres qui avaient suivi la mort de notre fille n'étaient pas encore finies, qu'elles ne finiraient jamais (en cela, au moins, je suis certain d'avoir eu raison) et que le reste n'avait été qu'un rêve : oui, vivre depuis forcément n'avait été qu'un rêve. Rien n'avait changé en fait : nous nous trouvions toujours totalement égarés dans cette maison au milieu de nulle part où nous avions vécu les semaines d'après la mort de Pauline, Alice était encore étendue sur le lit, parlant de la promesse que nous nous étions faite de ne pas survivre à notre enfant, comptant et recomptant les médicaments que nous avions capitalisés du temps de la maladie, estimant la dose qui serait suffisante pour nous faire basculer pour de bon dans l'oubli et moi, j'étais ce même personnage un peu pathétique, pitoyable, qui tentait avec des mots de la retenir du côté mensonger et honteux de la vie. J'avais le sentiment que nous n'avions pas fait un seul pas en avant malgré les années et qu'un seul instant de distraction de ma part suffirait pour qu'Alice se laisse glisser sans hésitation vers cette fausse image de rien — mourir — où l'appelait le désespoir d'avoir perdu Pauline.

Oui, en vérité, je sais bien que je les confondais toutes les deux — Alice et puis Pauline — en raison même de l'incapacité que j'éprouvais à me résoudre à les perdre. Ou bien, je mens et c'est moi sur qui je voulais que quelqu'un continue à veiller, l'une ou l'autre, l'une et l'autre à la fois puisque je ne parvenais plus du tout à les départager, qu'elles formaient dans mon esprit la même figure d'une grande affection tendre et mélancolique dont toute ma vie était désormais sortie et qui ne se détacherait plus jamais de celui que j'étais devenu.

Même la grande euphorie érotique des premiers temps passés auprès de Lou ne me distrayait pas entièrement de mon chagrin. L'égoïsme ou le courage me manquait certainement pour partir. Pourtant, dans mon cœur n'existait pas ce partage dont autour de moi il arrivait que l'on me soupçonne, laissant entendre que je ne couchais avec Lou que dans la mesure où je ne l'aimais pas et que, si je ne couchais plus avec Alice, la raison en était précisément que c'était elle qu'au fond j'aimais, que le désir et l'amour s'étaient ainsi commodément, banalement séparés en moi pour se fixer sur deux personnes entre lesquelles je partageais confortablement le temps de ma vie.

Non, j'aimais Lou totalement — et pas seulement pour la formidable excitation qu'elle me procurait. Je l'aimais tout à fait comme on aime une femme dont on sait qu'elle est rentrée pour de bon et à jamais dans son existence, une femme avec laquelle on se sait vraiment installé dans l'irréversible gravité de la vie : au cœur le plus secret de son affection la plus vraie. Quant à Alice, si nous avions cessé de faire l'amour, le désir n'avait pas disparu entre nous. Une indéfectible intimité subsistait à l'intérieur de laquelle nos deux corps se retrouvaient chaque fois.

Lorsqu'il arrivait encore qu'Alice vienne dormir à la maison — et c'était plusieurs fois par semaine —, le malentendu grandissant entre nous, la frustration nous énervant, nous basculions dans le sommeil chacun de notre côté, nous tournant le dos avec un peu d'ostentation. Pourtant, comme si un charme plus ancien que nous avait agi en dépit de notre volonté, c'est toujours dans les bras l'un de l'autre que nous nous réveillions au matin, les membres mêlés, une même respiration faisant gonfler doucement nos deux corps indéfectiblement unis dans le mouvement très tendre et se finissant de la nuit partagée.

« Adultère » est un mot démodé, venu du vaudeville, né d'un autre siècle. Pourtant, si je voulais regarder la situation en face et nommer les choses par leur nom, il n'y en avait pas d'autre pour dire celle où je me trouvais maintenant — un adultère double et singulier, vécu dans la plus totale transparence, sans mensonges mais à l'intérieur duquel nous ne parvenions pas totalement à faire l'économie d'une fatigante et inlassable souffrance dont je savais bien qu'elle ne pourrait pas durer toujours.

Lou était ma maîtresse et cela lui faisait sans doute mal de n'être aux yeux des autres que cela. Et pourtant la relation qui nous unissait était telle que j'avais le sentiment sincère que ma vie se trouvait désormais tout entière avec elle. Notre amour était une évidence dont nous ne nous dissimulions pas — conservant juste et seulement quand il le fallait absolument une ambiguïté propice à nous protéger et à préserver Alice auprès de ceux qui la connaissaient. Partout, dans la ville, on nous voyait ensemble. Au vu et au su de tous, nous vivions une vie de couple. Les amis, la famille de Lou étaient devenus comme les miens. Je menais avec eux une existence où j'avais le sentiment d'avoir retrouvé une place — et depuis la mort de ma fille qui m'avait laissé seul, me coupant volontairement de mes propres amis, de ma propre famille, c'était la première fois. Dans mon amour pour Lou, il n'y avait absolument rien de la clandestinité honteuse qui s'attache aux relations adultères. Toute ma vie tournait autour de mon amour pour elle. Lou, d'ailleurs, était forcée de me le concéder : le mot juste, disait-elle, n'était pas adultère mais bigamie. J'étais bigame et fidèle — tout comme ce héros d'un vieux roman chinois qu'elle m'avait un jour ironiquement offert.

Car Alice restait ma femme. Sauf dans les moments de désespoir les plus violents, elle ne manifestait jamais le désir de me quitter — moins encore celui de divorcer. Elle se satisfaisait de rentrer à la maison pour m'y retrouver quand elle en avait envie, totalement insoucieuse de la vie que je pouvais mener sans elle. Alice restait ma femme mais plus rien n'existait entre nous de ce qui unit les gens mariés. Sans même parler de ce qu'était devenu le commerce intime entre nous, nous ne rencontrions plus personne, ne sortions jamais, ne faisions aucun projet ensemble. Entre nous, il n'y avait plus que deux ou trois voyages à l'étranger chaque année et dans l'intervalle desquels notre vie se limitait à l'obligation de retrouvailles sans objet dans notre petit appartement sous les toits où restaient, comme des vestiges, toutes les affaires de notre existence ancienne. Parfois, en vérité, l'impression me venait d'être désormais marié à Lou et de la tromper avec Alice, de me livrer avec elle, deux ou trois fois par semaine, à un tête-à-tête secret où nous jouissions ensemble de quelque chose qui ressemblait davantage au chagrin qu'au plaisir, mais à quoi nous ne pouvions pas renoncer, quelque chose d'aussi puissant que le désir, une sorte de stupéfiant mélancolique dont nous ne pouvions plus nous désaccoutumer et qui, après tout, était peut-être encore de l'amour.

Aurions-nous pu être heureux ainsi ? Dans leurs moments les plus optimistes, Lou et Alice le prétendaient pareillement, disant qu'à tout prendre la vie que nous vivions n'était pas plus bizarre que beaucoup d'autres, qu'il n'y avait pas de raison qu'elle ne continue pas ainsi. Mais c'est moi qui ne voulais pas y croire. Toute la sentimentalité de mon cœur se révulsait à cette idée.

C'était ma faute, certainement. Je le savais bien : à tous les égards, j'étais un esprit assez anachronique. J'en étais encore à croire à l'exclusivité de l'amour, prisonnier passionné d'une philosophie fossile, livré tout entier à l'illusion d'aimer quand celle-ci n'avait plus cours depuis longtemps, comme une vieille monnaie que plus personne n'accepte et dont la valeur a disparu tout à fait : des pièces anciennes oubliées au fond des tiroirs et avec lesquelles on laisse jouer les enfants qui s'essayent, pour de faux, au commerce des grandes personnes.

Si un jour l'idée folle et suicidaire me prenait de raconter ce que j'avais vécu, je deviendrais un objet de risée. Et je l'aurais bien mérité. À l'heure du marché sentimental (le divorce à la chaîne, l'échangisme systématisé, l'affolement sexuel, la démultiplication des liaisons, la conversion convenue des préférences érotiques, le prétendu libertinage vécu comme une industrie de loisirs et tout le reste), je m'en tenais à une idée inappropriée de l'amour à laquelle les gens de mon âge avaient le plus souvent renoncé. Depuis longtemps, ils avaient grandi et étaient passés à autre chose : le mariage, la maison, les amis, les enfants, l'endormissement progressif du désir dans la routine matrimoniale. Ou alors : ils avaient trouvé un arrangement avec la vie qui revenait au même et où, le sexe transformé en jeu de société, ils oubliaient tout autant l'amour. Moi, je n'y parvenais pas. Je me sentais tout seul à ressentir la vie comme je le faisais. L'époque parlait contre moi et elle me laissait seul. On ne va pas contre son temps. Je voulais continuer à aimer. J'avais tort. J'allais au désastre et j'en étais parfaitement conscient.

Aimant Lou, aimant Alice, ne parvenant pas à trouver entre elles l'équilibre insouciant qu'il aurait fallu, j'avais été distribué dans un rôle banal pour lequel je n'étais pas fait. Je ne me sentais pas coupable pourtant. Ce n'était pas une question de morale. Qu'aurions-nous eu à faire avec la morale ? Le bien, le mal, tout cela ne nous concernait pas, n'avait plus rien à voir avec ce que nous vivions.

Je ne trompais ni Alice ni Lou puisque je ne leur mentais pas. L'infidélité d'Alice m'avait délivré du devoir de lui être également fidèle — si jamais je m'y étais senti obligé un jour. Mais en vérité, couchant ailleurs, je ne considérais pas même qu'elle avait mal agi avec moi — ou moi avec elle. Dans le secret de mon cœur, je lui donnais entièrement raison et parfois je me réjouissais même pour elle du répit dans la peine qu'elle avait su trouver. Survivre nous délivrait de tout. Ce que nous avions vécu nous avait enseigné une seule chose : tout est permis afin de se sauver du désastre du temps. On ne peut rien reprocher à personne sinon la souffrance infligée à ceux qu'on aime. Alice, Lou et moi, nous étions assez sages pour ne pas vouloir faire grandir inutilement la souffrance entre nous. Mais, bien sûr, nous n'y parvenions pas. Car la vérité triste à laquelle personne ne peut rien veut qu'en dépit de tout aimer, souffrir, faire souffrir soient simplement une seule et même chose.

Parfois, Lou se mettait à pleurer. Cela arrivait toujours sans que rien ne me prévienne. Une pensée certainement suivait depuis longtemps son chemin dans son cerveau triste. Elle était silencieuse et, inexplicablement, ses yeux se mettaient à mouiller. Et puis les larmes commençaient à couler, très calmement. Rien ne parvenait à les arrêter. Lou ne disait rien. Je crois qu'elle-même ne savait pas où se situait l'insondable mélancolie qui la poussait ainsi vers les pleurs et qui contrastait si étrangement avec la grande gaieté apparente de son caractère. Elle aurait voulu pouvoir m'aimer tout à fait, que je rentre complètement dans sa vie, que j'oublie les fantômes de mon passé — et elle, ceux du sien —, qu'il y ait pour nous deux un recommencement qui aurait tout effacé de notre existence d'avant. Elle disait souvent qu'un enfant était entre nous, celui que j'avais perdu, celui que nous pourrions avoir ensemble — car bien sûr elle le souhaitait et disait que j'étais le seul avec lequel devenir mère puisse pour elle jamais être de nouveau envisageable. Mais une idée était installée en elle, un préjugé stupide venu je ne sais d'où et qui disait qu'une femme ne doit jamais obliger l'homme qu'elle aime à faire ce que lui-même n'a pas décidé. Pourtant, j'aurais voulu parfois qu'elle me force la main, qu'elle m'arrache à moi-même. J'aurais eu peut-être le courage de lui céder. Je n'avais pas celui de me précipiter moi-même vers cette vie avec elle dont je savais pourtant qu'elle me rendrait heureux.

Alice, elle, ne pleurait pas. Ou alors très rarement. Il faut dire qu'elle avait versé toutes ses larmes pour une meilleure cause que la mienne. Le plus souvent, elle faisait semblant que rien n'avait changé entre nous. Et quand elle sentait que tout amour entre nous s'était décomposé, que le point de non-retour de la rupture était tout proche, elle se mettait en colère, en rage. Avec la plus parfaite malhonnêteté, elle me reprochait une situation dont elle était, davantage que moi, responsable et dont elle voulait me faire porter la culpabilité, s'étonnant que je ne paraisse pas supporter avec allégresse le demi-amour qui subsistait entre nous, que je sois prêt à tout abandonner pour l'illusion de recommencer ma vie avec une autre. La mauvaise foi était sa manière de m'aimer. Mais il y avait tant de désespoir dans sa résolution à tout laisser glisser vers le bas que j'y voyais la preuve bouleversante de tout le néant qui la menaçait et dont j'avais le sentiment, encore une fois, de devoir la sauver, la protéger du moins.

Moi, je ne pleurais pas. C'est venu plus tard. Mais chaque jour, je me tassais davantage. La main glacée d'un malheur pesait sur moi et me poussait vers le bas. C'était comme un poids grossissant au-dessus de mes épaules, pressant sur mes vertèbres, voûtant davantage mon dos et dont je ne savais aucun endroit où j'aurais pu m'en délivrer. Lorsque je devais quitter Lou pour retrouver Alice, mon cœur crevait vraiment. Mais mon angoisse était plus grande encore à l'idée qu'Alice puisse rentrer toute seule dans une maison où je n'aurais pas été à ses côtés, à l'attendre, et où elle aurait été livrée à une détresse dont je n'aurais pas été là pour la défendre.

Au reste, j'exagère. J'étais heureux néanmoins dans l'euphorie de ces jours — heureux comme rarement, peut-être comme jamais. Et Lou l'était également, tout à son amour pour moi. Alice aussi, certainement, de son côté, qui paraissait revivre, dont toute la joie d'exister éclatait parfois avec une force qui m'émouvait plus que tout et où je ne pouvais pas nier que, pour elle, j'avais aussi ma part. Nous aurions dû avoir assez de réalisme pour trouver alors un arrangement avec l'amour, avec la vie. Il aurait fallu nous satisfaire du pur contentement d'un plaisir partagé. D'autres y parviennent. Je leur donne raison sans hésitation. Mais moi, je n'y arrivais pas. J'aurais voulu pouvoir aimer tout à fait. Le démon de la sentimentalité — je ne vois pas quel autre nom lui donner — me dominait complètement. J'étais à lui.

VII

« Le plaisir que j'ai eu d'elle ?

Parfois j'entends des hommes raconter le plaisir qu'ils ont pris, avec celle-ci ou celle-là…

Je ne sais pas, j'ai envie de leur dire, voyons, voyons, c'était autre chose.

Autre chose.

Il n'y a pas de mots pour cela. »

Je le savais bien. Quelque chose n'allait pas. Depuis toujours. Quelque chose qui revenait du fond de ma vie et que j'aurais voulu pouvoir tout à fait oublier. Une faille, une fêlure par où tout menaçait de glisser vers le bas. Même le bonheur nouveau d'un nouvel amour ne suffisait pas à combler ce vide où ma vie versait. Le mal était trop profond sans doute et il était trop ancien.

S'il faut un nom à ce mal, je n'ai pas d'objection à ce qu'on l'appelle la sentimentalité. La situation où je me trouvais désormais m'obligeait à réfléchir un peu à la façon si singulière que j'avais d'aimer et qui m'interdisait de trouver un équilibre, un accord heureux avec moi-même et avec les femmes près de moi. Ce que je retrouvais avec Lou ou bien avec Alice — l'une dans le don qu'elle me faisait d'elle-même, l'autre dans l'absence où elle m'abandonnait — laissait remonter à la surface une vague inquiétude qui touchait au plus profond. L'angoisse et le plaisir remuaient en moi une détresse si lointaine que je comprenais qu'elle avait creusé en mon cœur comme un trou où tout, tôt ou tard, s'abîmerait un jour. Je n'étais pas libre d'aimer comme il l'aurait fallu pour être heureux. L'on avait décidé à ma place. Qui ? Moi-même ? Personne, peut-être. Et je me trouvais invalide. En un sens, impuissant. Oui, c'est le mot qui convient : impuissant, puisque, même capable comme je l'étais d'accomplir tous les gestes de l'amour, je ne faisais jamais que simuler la satisfaction insouciante à laquelle je ne parvenais pas.

À tort — à tort peut-être —, je m'imaginais que les autres hommes s'y prenaient différemment de moi, qu'ils savaient ce qu'aimer une femme signifie, qu'il y avait là comme un secret splendidement placé en évidence pour tous et qui, à moi seul, inexplicablement échappait. Un mot, oui, que tous les hommes savent et que moi seul je me trouvais condamné à ignorer pour toujours. Perdre Alice, rencontrer Lou m'avait fait glisser dans une sorte d'exaspération amoureuse qui me poussait nerveusement à bout. J'avais l'impression de me tenir sans cesse au bord d'un précipice mental au fond duquel j'éprouvais chaque jour l'irrépressible envie de basculer afin que toutes les choses de l'amour finissent avec moi.

Le ridicule de l'affaire ne m'échappait pas et comment j'aurais dû depuis longtemps renoncer à la grande gravité sentimentale avec laquelle je considérais le désir. J'allais avoir quarante ans. Le milieu du chemin de ma vie était déjà dépassé. J'avais aimé. Plusieurs fois. J'aurais pu me mettre à multiplier les aventures. Arrivé à cet âge où la plupart des hommes et des femmes sont placés par les circonstances en situation de refaire leur vie, le marché amoureux étant ce qu'il est, avec les règles qui le régissent (et où chacun vaut très exactement ce qu'il est susceptible de rapporter), les occasions n'auraient pas manqué si j'avais accepté, jouant le jeu, de m'engager dans toutes sortes de liaisons. Je n'étais pas stupide à ce point. Je le voyais bien. Mais je sentais dans mon cœur quelque chose qui obstinément résistait à cette facilité heureuse que j'enviais aux autres et à laquelle j'aurais voulu m'abandonner. Il me manquait trop de cynisme ou bien d'indifférence. Le constatant, Lou et Alice s'étonnaient pareillement de ma délicatesse, de ma sensibilité qui leur paraissait enfantine ou bien féminine — et tantôt cela les excitait, tantôt cela les dégoûtait.

J'aurais pu mentir, bien sûr, faire semblant d'être un autre, ne jamais cesser de jouer la comédie et la laisser se poursuivre jusqu'au lit. D'ailleurs, je ne faisais rien d'autre. Comme tout le monde, je jouais, oui. Et jusqu'au lit.

Qu'il soit (le lit) le lieu pour les hommes de l'épreuve de vérité, je le voulais bien (puisque tout le monde paraissait le penser) mais je ne parvenais pas à le croire jusqu'au bout. L'idée — souvent exprimée — que c'est là qu'un homme fait au fond la preuve de ce qu'il vaut, qu'il se révèle tel qu'en lui-même, au plus près de ce qu'il est en réalité, ne me laissait qu'en partie convaincu. J'aurais voulu le penser aussi bien qu'un autre mais je n'y réussissais pas. Je sentais comme une grande mystification à l'œuvre derrière tous ces discours — et surtout derrière tous ces livres où se racontent des hommes qui multiplient les conquêtes, font étalage de leur inépuisable capacité à jouir et à faire jouir, considérant le plaisir pris surtout comme la preuve produite de leur propre virilité. Pourquoi personne ne disait-il jamais la vérité de ce mensonge ?

Le sexe était autre chose. Et l'amour était davantage. Bien sûr, je pouvais faire l'amant. J'y trouvais du plaisir, énormément. Tomber Lou — Alice autrefois, d'autres femmes avant elle — m'excitait beaucoup : lui prendre la main pour la poser sur mon sexe déjà dur et qu'elle sente à travers l'épaisseur du pantalon que quelque chose s'était mis en mouvement en moi qu'elle n'avait plus le pouvoir d'arrêter, quelque chose à quoi elle allait avoir droit, la prendre quand je le désirais, caresser ses fesses et puis ses seins, les découvrir, relever sa jupe, vérifier qu'elle portait précisément les sous-vêtements dont elle savait qu'ils me plaisaient, le lui faire remarquer pour que sa honte affectée en vienne à l'exciter, laisser glisser sa lingerie le long de ses jambes jusqu'aux chevilles, la regarder se défaire elle-même de la dentelle chiffonnée qui la laissait entièrement découverte, me tenir face à la fente qu'elle élargissait d'elle-même en remontant les cuisses, la sentir magnifiquement ouverte sous mes doigts. La baiser en somme puisqu'il n'y a pas d'autre mot pour dire cette chose terriblement bonne que les hommes font parfois aux femmes.

Pourtant, c'était un rôle : au fond, je ne m'imaginais jamais prendre Lou, la posséder. Ce que je désirais vraiment d'elle — et en quoi tenait intensément toute la vérité de mon désir — se situait de l'autre côté de tout cela, vers l'envers inavouable et confondant de l'amour. Interminablement, j'étais avide d'un vertige où tout aurait cessé avec moi. Dans le cercle que faisaient ses cuisses, ses bras, et où je m'enfonçais, dans le cercle s'élargissant de la nuit veillant sur nous et prenant en elle toute l'obscénité habituelle de l'amour, je cherchais à me perdre. Je voulais cette débâcle et c'était d'elle, en vérité, que je jouissais.

J'entends les hommes, les femmes qui parlent. L'inénarrable réalisme dont ils font preuve entre eux et dont aucun romancier n'a jamais le courage. Ils se racontent, les uns aux autres, les unes aux autres, le prosaïque de l'affaire, comment ils sont bons ou bonnes au lit, ou bien la pathétique débandade de la chose, le ridicule inexpiable du cafouillage érotique, l'importance au fond exagérée qu'on lui accorde et malgré tout le magnifique flamboiement amoureux d'une nuit — qui dure parfois un mois, un an mais reste toujours sans lendemain. Et puis, très vite, le moment du calcul : déménagement, emménagement, régularisation, mariage, procréation. Avant que tout recommence. J'écoute, je dis mon mot, je me mêle à la conversation du mieux que je peux. Oui, bien sûr, l'affaire physique, la grande affaire des corps s'essayant les uns aux autres, l'intimité bouleversante découverte dans le pli toujours identique de la nuit. Mais si je me souviens, il me semble qu'il y avait autre chose.

Quoi ? Tout avait toujours été ainsi. Avant Lou, avant Alice, avant les autres aussi. Sans doute était-ce ma faute, l'effet d'une constitution amoureuse défaillante, déréglée, et à laquelle rien ne pouvait venir remédier. Il fallait me résoudre à cette faiblesse, m'arranger avec elle pour négocier, avant de mourir, la part de plaisir que je pourrais prendre malgré tout de la vie.

Il me semble que tout ce que j'appelle ma « sentimentalité » tenait à une seule méprise. Les autres hommes voulaient avoir la femme qu'ils aimaient — je veux dire : la posséder. Moi, étrangement, sans pouvoir me l'expliquer à moi-même, je désirais devenir elle. Je ne sais pas jusqu'à quel point je peux rendre claire pour autrui cette particularité qui me reste obscure à moi-même. Ce n'était pas le fastidieux rêve fusionnel (encore qu'il y eût certainement aussi sa part), l'idée qu'à deux on refait un seul être à qui plus rien ne manque, une créature double dotée des deux sexes, profitant d'une plénitude excluant tout du monde alentour.

Non, aimant Lou — comme j'avais aimé les autres auparavant — je voulais être elle — et pas seulement la moitié d'une créature complète que nous aurions formée ensemble. Ou plutôt — et puisque je l'aimais — j'avais le sentiment d'être déjà devenu elle. Je veux dire d'être entièrement passé à l'intérieur de la souveraine solitude — se confondant avec sa présence — d'une féminité qui excluait toute autre chose et en laquelle la réalité s'absorbait jusqu'à disparaître. Cette croyance commandait au trouble inquiétant que j'éprouvais parfois, convaincu d'avoir entièrement versé dans le corps sur lequel je me trouvais étendu, d'être passé de l'autre côté du miroir horizontalement posé qu'étendait sur le lit le blanc des draps, dissous comme un reflet rendu à l'objet qu'il épouse et sans lequel il n'existe pas.

Ce n'était pas exactement un fantasme — encore que cela y ressemblât parfois et pût en prendre passagèrement l'apparence perverse. Cela ressemblait plutôt à une hallucination. Quand nous faisions l'amour, il y avait toujours un moment où je pénétrais Lou, la faisais jouir si je le pouvais (mais cela n'était le plus souvent pas très difficile tant elle aimait l'amour) puis me faisais jouir en elle. Mais parfois le sentiment grandissait en moi que la situation sexuelle s'était mystérieusement renversée, que je subissais ce que pourtant j'étais en train de lui faire, que c'était moi qui vivais cette expérience malgré tout très singulière qui consiste à laisser son corps s'ouvrir au plus profond de lui-même. Allongée sous moi, je laissais Lou faire, lui demandais de bouger le bassin pour qu'elle se mette au rythme qui lui convenait le mieux et saurait la faire aller à l'orgasme à sa guise. Et si elle montait sur moi, l'impression se trouvait bien sûr redoublée. Son poids m'immobilisait tout à fait, et mon sexe enveloppé dans le sien lui appartenait pour de bon. Le va-et-vient qu'elle lui imposait, elle en décidait seule, et je sentais les mouvements de ses reins appuyer sur moi. La base de ma verge paraissait s'enfoncer dans la profondeur de mon pubis, dans l'épaisseur de mon ventre, comme si la configuration de nos organes s'était retournée tel un gant, et qu'à l'aide de ma propre verge elle avait ouvert à l'intérieur de moi comme un creux où, se mettant à bouger, c'est elle qui me conduisait lentement vers une longue et insolite jouissance, semblable à celle que moi-même je lui donnais en vérité.

Le seul plaisir était le sien. Il me semble que je comprenais ainsi le mot un peu énigmatique que j'avais lu chez un philosophe et qui disait que l'extase amoureuse ressemble plus au plaisir donné qu'au plaisir reçu. Je n'agissais pas en amant appliqué et désintéressé, convaincu — comme le voudrait l'éthique des magazines féminins — qu'il est du devoir de l'homme de faire passer le plaisir de sa partenaire avant le sien. Non, l'égoïsme le plus strict me déterminait. C'était ma satisfaction que je cherchais interminablement dans l'effacement de mon propre plaisir au sein du sien.

De là venait sans doute mon goût de la masturbation. Me laisser branler me permettait de m'abandonner à une passivité où la démultiplication même du plaisir éprouvé me donnait pourtant le sentiment paradoxal de ne plus m'appartenir et que même la partie la plus excitée de mon corps, je m'en trouvais dépossédé, qu'elle était littéralement passée aux mains d'une autre qui, alors, devenait mystérieusement moi, manipulant mon sexe, s'acharnant longuement sur lui comme s'il avait été le sien, encore plus déterminée que moi à le faire jouir, à le voir gicler. Mais caresser Lou me plaisait encore davantage quand je me serrais dans son dos et que, collé tout contre elle, invisible à ses yeux, comme si mon corps était devenu le sien, je faisais passer devant elle mes mains qui, prenant ses seins, descendant sur son ventre, commençaient à faire s'écarter très doucement les lèvres (grandes et puis petites) de son sexe avant d'en toucher, du bout des doigts, le sommet. D'abord, je durcissais très vite et, si elle le voulait, je la retournais contre moi. Avant que son plaisir ne soit encore assez monté, je la prenais et nous faisions l'amour. Mais si nous restions dans notre première position, si je continuais à la caresser, alors j'oubliais mon érection, elle disparaissait tout à fait.

J'étais à autre chose qui excluait la possession, totalement attentif à cette sensation sur le devant d'un corps qui se déplie délicatement, avec depuis le dedans le plus intime du ventre, ce creux qui se relâche et qui s'entrouvre, tiède et merveilleusement mouillé.

Le plaisir tenait pour moi à cette grande fantaisie féminine masturbatoire et heureuse à l'intérieur de laquelle souvent je me contentais de me dissoudre, branlant Lou ou bien la baisant mais toujours avec le sentiment que son corps était seul présent, tout à lui-même, entièrement livré à une jouissance qui restait strictement la sienne, mystérieusement intérieure, mais à laquelle, me défaisant de toute identité, j'en venais également à participer.

Quelle que soit l'intensité de ce que j'éprouvais, le moment le meilleur n'était pas pour moi celui où je jouissais. Il y avait avant, autour de mes doigts, de la tête de mon sexe dont l'étui se retroussait lorsque je la pénétrais, cet instant où Lou s'ouvrait doucement et où je rejoignais quelque chose d'elle, en elle, qui était elle, et en quoi j'éprouvais le sentiment d'exister enfin tout en n'étant plus rien d'autre que ce vide où, tout le reste se défaisant, je ressentais l'insouciance enfin heureuse de me trouver délivré de tout.

Faire l'amour doit toucher au miracle, sinon à quoi bon. Un miracle ? Oui, tout à coup, chaque fois, malgré la répétition, l'irréfutable manifestation de l'impossible, une révélation de rien se suffisant splendidement à elle-même. Non, il n'y a pas de vérité à attendre de l'amour. Laquelle ? Juste l'éclatante évidence d'un signe soudain surgi du fond le plus enfoui de la vie et qui ne signifie que la certitude d'être subitement vivant comme jamais. En dépit de l'expérience, des centaines de fois ressassée, ce qui arrive a lieu pour la première fois, par accident, par exception. Et il a fallu un formidable concours de hasards heureux pour que, dérogeant à toutes les lois de la probabilité, la merveille d'aimer vous visite.

Si je devais m'expliquer, donnant une forme raisonnable à la façon que j'avais d'aimer, je dirais : il y avait en moi un côté masculin qui m'attirait vers les femmes et un côté féminin en moi qui m'attirait également vers elles.

Sans doute était-ce ma manière à moi d'être bisexuel — mais d'une bisexualité tout à fait particulière puisque au lieu de me situer à égale distance des hommes et des femmes, susceptible de faire tantôt des premiers tantôt des secondes de possibles objets de plaisir, elle me plaçait deux fois du même côté du monde, comme si l'autre n'avait pas du tout existé. Il n'y avait que des femmes dans ma vie. Les hommes, je m'en arrangeais seulement comme de personnages importuns avec lesquels la nécessité de l'existence sociale m'obligeait de temps à temps à traiter. Mais cela ne comptait pas. C'est pourquoi certainement — puisque toute la société repose sur le commerce masculin — je me trouvais si seul. Et — pourquoi ne pas l'écrire ? — si libre.

Je sais bien qu'un tel aveu passera nécessairement pour une dénégation et qu'on se dira simplement que ma préférence pour les femmes servait à dissimuler à mes yeux mon attirance refusée des hommes. Je n'ai rien contre une telle interprétation. Je ne place aucune vanité dans l'idée de ma propre virilité — si cela était le cas, comment aurais-je pu écrire tout ce qui précède et ce qui va suivre quand il est si facile à un écrivain de mentir, de simuler ?

Je n'avais rien contre l'idée de me faire baiser. Mais je voulais simplement que ce soit par une femme — et une femme que j'aime. J'avais connu souvent cette expérience — peut-être trop. Avec Alice qui s'y était volontiers prêtée. Avant elle — et la confidence m'avait marqué car j'étais tout jeune et inexpérimenté à l'époque — avec une de mes toutes premières maîtresses qui, au bout de plusieurs mois d'euphorie amoureuse, m'avait avoué que son vrai fantasme aurait été de pouvoir me prendre à son tour avec mon propre pénis. Et j'avais eu alors la sensation d'avoir tout compris de mon désir, et de celui des femmes — de toutes les femmes au fond. Il y avait quelque chose en Lou, aussi, qui répondait à ce désir et se manifestait parfois. Comme ce soir où, suçant mon sexe, elle avait fait descendre sa bouche plus bas et avait rentré sa langue à l'intérieur de moi, la laissant tourner longuement et très profond, m'offrant un plaisir étrange auprès duquel l'habituelle fellation — pour laquelle elle me reprochait, à juste titre, de n'avoir pas beaucoup de goût — paraissait insipide.

Je n'ai pas d'objection, non, à ce que l'on verse mon cas dans tel ou tel des dossiers qu'administre la psychanalyse.

Dans mon monde, il n'y avait donc que des femmes. Et cela me convenait assez bien. Depuis toujours, en somme. Tout mon univers se trouvait constitué des femmes qui entouraient celle que j'aimais. Dans le cas de Lou, cela signifiait ses amies (du moins certaines d'entre elles) mais aussi — et je tenais beaucoup à elles également — sa fille, sa mère, ses sœurs. Mon existence se serait déroulée heureuse dans leur seule compagnie.

Lou me reprochait souvent de ne laisser aucune de mes affaires dans son appartement : à peine un rasoir, une brosse à dents, un nécessaire de toilette mais pas un seul vêtement. Elle me soupçonnait de me servir de ce prétexte afin de trouver l'excuse dont j'avais besoin afin de passer tous les jours chez moi, même une heure, puisqu'il me fallait me changer. Elle n'avait pas entièrement tort. Mais aussi, plus mystérieusement, je crois que je tenais à ce que rien de moi n'altère l'univers exclusivement féminin où elle vivait et où je me sentais si bien. Même lorsqu'il était question que nous nous installions pour de bon ensemble, il restait entendu que notre maison serait la sienne, que j'y habiterais chez elle.

Chez elle : le salon — où, au-dessus du canapé, figurait la reproduction d'un nu de Modigliani qui lui ressemblait étrangement, la bibliothèque où tous mes derniers livres étaient rangés, qu'elle avait voulu que je lui dédicace —, la salle de bains — avec la somme invraisemblable des crèmes, des poudres, des fards, et puis les pinceaux posés dans le pot sur le bord du lavabo —, la chambre de sa fille — le perpétuel désordre de livres, de papiers, de jouets, de poupées, de peluches dispersés sur le sol — et puis la sienne — sous les toits, le lit placé par terre, les livres à nouveau, le grand placard où pendait toute la panoplie de ses vêtements au-dessus des chaussures dans leurs boîtes et des cartons recelant le fouillis de la lingerie.

Tous les hommes — je crois — sont fous du folklore féminin mais souvent leur folie se limite à ce qu'il y a en lui de plus sexuellement explicite. Mon goût allait à tout cela bien sûr mais il s'étendait bien au-delà. Tout ce qui, de près ou de loin, touchait au corps de Lou m'émouvait, m'excitait. J'avais l'impression que sa garde-robe, sa maison constituaient comme l'extension fantastique d'elle-même. J'aimais le monde entier tant qu'elle y vivait.

Ce que les autres hommes considèrent d'ordinaire comme des corvées auxquelles ils ne consentent qu'avec agacement — et notamment parce qu'ils ont le sentiment d'y compromettre leur virilité — me plaisait : faire des courses avec Lou, l'accompagner à la parfumerie, dans les magasins, la voir essayer des chaussures, des vêtements. Nous faisions les boutiques. Je la regardais comparer deux ou trois tenues, parader devant la glace, s'y trouver nécessairement trop grosse ou trop laide pour la robe que je lui préférais, et puis finalement pas si mal en somme, ou du moins acceptable. Afin de vraiment pouvoir se décider, elle m'appelait dans la cabine pour un conciliabule à l'écart des vendeuses — à demi nue avec autour d'elle les quatre ou cinq achats entre lesquels elle hésitait. Je lui donnais mon avis et en profitais, de derrière le rideau, pour l'embrasser et plonger mon visage entre ses seins. Pour la convaincre de ce que telle robe allait bien à sa silhouette, je lui montrais l'effet qu'elle me faisait, la laissant sentir à quel point j'étais devenu dur. C'était sans mal : tout cela m'excitait formidablement. Mais comme elle tergiversait encore, nous achetions tout dont je payais les trois quarts : des choses qu'elle ne mettrait jamais, bien sûr, dans lesquelles je ne la verrais presque pas mais qui restaient comme le mémorial délicieux du moment où, ensemble, nous les avions choisies.

Les vêtements, les maquillages, l'apparence : les hommes reprochent souvent aux femmes leur narcissisme — quand c'est tout le contraire qui est vrai. Les hommes : attachés à une image d'eux-mêmes à laquelle ils croient et qu'ils ne supportent pas, s'imaginant sinistrement être eux-mêmes. Les femmes : éduquées depuis leur enfance à ne pas se prendre tout à fait pour ce qu'elles sont, à se traiter comme des poupées avec lesquelles on les laisse jouer, qu'on leur demande d'habiller et de déshabiller, de déguiser, dont on leur fait colorier le visage comme s'il était un masque sans conséquence. Dans la salle de bains, je ne me lassais pas de regarder Lou se considérant dans le miroir, palpant l'absence de cellulite sur son corps rond et parfait, se maquillant, faisant à la glace des grimaces, s'essayant à faire gonfler ses cheveux et riant des bigoudis qu'elle posait sur sa tête, devenue comme un clown qui se moquait de la grande bêtise humaine au-devant de laquelle elle dépêchait une forme d'elle-même à laquelle il fallait être stupide comme un homme — j'étais cet homme — pour croire tout à fait.

J'étais cet homme. Et puis pas vraiment. Je ne m'imaginais pas du tout avoir pénétré le mystère d'une grande féminité magnifique où aurait tenu toute la vérité du monde. Et pas davantage : me trouver devant l'inconnaissable d'une révélation qui me serait restée interdite. Je ne croyais pas à toutes ces histoires. Cette mythologie me faisait sourire. On pouvait seulement s'en servir comme d'un stimulant au lit. Mais surtout sans prendre le risque d'en faire sa religion. C'était autre chose. Les femmes — celles que j'aimais en tout cas — ne se prenaient pas pour elles-mêmes. Du moins : elles ne le faisaient pas davantage que ne l'exigeait la guerre à l'intérieur de laquelle il leur fallait survivre, séduire, tirer avantage de l'universelle salivation sexuelle. J'admirais leur liberté. Le seul secret était celui de leur incroyance. Je veux dire : de leur incroyance sexuelle. Elle faisait se dissiper toutes les fausses certitudes avec lesquelles les hommes construisent les systèmes qui donnent pour eux sa signification à la vie. Mais tout cela n'était rien. Et elles le savaient bien. Le fond de l'affaire consistait en une immense légèreté ironique appliquée au monde, en la formidable futilité d'un savoir sans objet et qui délivrait de tout devoir, rendant le temps à un désœuvrement aussi magnifiquement agréable que les heures perdues à ne rien faire du tout de sérieux dans la compagnie des femmes.

Une journée passée avec Lou n'était jamais perdue. Je ne voyais pas de meilleure manière de laisser glisser sur moi le temps de ma vie. J'aurais pu continuer ainsi jusqu'à mourir. J'y aurais trouvé mon bonheur et renoncé — vraiment — au reste. Tout ce qui faisait la vie virile des autres hommes — s'imaginant penser, juger, décider, agir —, je n'y consentais qu'afin de jouer mon rôle et — passant pour celui que je n'étais pas — de récolter auprès des autres la rémunération, la réputation dont j'avais besoin pour les dilapider ensuite dans la présence exclusive des femmes auprès desquelles je me trouvais bien.

J'étais ainsi : tout entier du côté des femmes puisque je les aimais, puisque c'était Lou que j'aimais et qu'elle était une femme. Cela n'avait d'ailleurs pas beaucoup d'importance. Pour être heureux, il suffisait juste que je m'arrange de cette constitution singulière. Et j'y étais arrivé souvent. Ma vie vraie avait ce visage.

Il n'y a pas de manière juste d'aimer. Chacun devrait simplement se débrouiller de la spécificité sans réelle conséquence de son désir. Pour moi, tout aurait pu emprunter sans doute un autre chemin. Il aurait été aussi bon. Ou bien : aussi mauvais. Il fallait juste prendre un peu garde. Je devais trouver un équilibre entre ces deux parts de moi-même qui se disputaient, se paralysaient l'une l'autre dans le malheur mais auxquelles la joie d'un amour vrai donnait également leur chance ensemble. Mon « sentimentalisme » tenait à cette conviction secrète d'être tout à fait un avec la femme à laquelle la vie me liait, à mon désir incessant de l'aimer comme un homme et en même temps de me laisser aimer d'elle — avec elle, en elle — comme une femme. Et je savais que ce redoublement m'exposait deux fois à la souffrance, puisqu'il me faisait aimer deux fois au lieu d'une, qu'il me rendait ainsi d'autant plus vulnérable, me livrant tout à fait à celle avec laquelle je vivais. Mais c'était lui aussi qui, tant que tout allait bien, me permettait de jouir, de faire jouir deux fois plus, donnant au plaisir non pas davantage d'intensité (je n'avais pas cette prétention) mais une sorte d'intimité à l'intérieur de laquelle s'éprouvait la grande douceur d'un vrai bonheur à quoi rien ne manquait.

J'aimais mal sans doute. Maladivement, peut-être. Mais j'aimais tout à fait. Et Lou m'aimait.

VIII

« Si tu n'as pas compris le sommeil de la femme, cette défaite au centre impérieux de la victoire, va, tu n'es pas un homme. Adorable pouvoir. Il n'y a rien de plus fort qu'une femme endormie.

On dirait le silence de la mer en plein jour. Le soleil. Tout en elle s'est fait épais, une forêt, toute la terre.

Un peuple de couleur s'étonne de mon souffle et se perd dans mes pas. »

Nous étions plus heureux alors. Oui, nous l'étions. Et nous voici, jaloux désormais de nous-mêmes. Envieux de l'homme et de la femme qui étaient nous et qui s'aimaient.

Plus tard, Lou m'a dit : à ce moment-là, j'étais certaine d'être à toi pour toujours, il aurait suffi d'un geste de toi — le plus insignifiant — pour que je fasse n'importe quoi — tout ce que tu m'aurais demandé — et, si tu l'avais fait, nous aurions été ensemble pour tout le reste du temps.

C'était l'été de la grande canicule. Tout le monde s'en souvient. Ma vie nouvelle avec Lou durait depuis dix-huit mois, je crois. Et elle en avait souvent assez. Il se trouvait autour d'elle toutes sortes de gens bien intentionnés — je veux dire des gens mauvais, jaloux de notre joie à être ensemble — pour lui répéter qu'une liaison avec un homme marié n'avait pas de sens, qu'elle perdait son temps, se faisait des illusions sur moi, qu'elle devrait me préférer n'importe qui — de fait, elle a fini par choisir précisément n'importe qui —, qu'il le fallait juste pour se libérer de moi. Et par faiblesse, par manque de confiance en notre amour, à certains moments, elle se mettait à croire à la méchanceté de ces gens autour d'elle. Lorsque cet été-là je suis parti en Irlande avec Alice, pour l'un de ces deux ou trois voyages annuels qui nous réunissaient encore, Lou avait pris la décision de me quitter. Mais, à mon retour, sans que je comprenne comment tout cela s'est passé, Alice étant partie pour trois semaines de vacances dans le Sud avec son amant, je me suis installé pour de bon avec Lou.

Je veux bien de cette version de notre vie. Davantage : elle me plaît. Mais je n'y crois pas tout à fait. C'est sa manière à elle de se raconter notre histoire. Et elle vaut autant que la mienne. Je me souviens juste de l'extrême chaleur du temps, de la douceur des jours, de la façon dont le soleil tapait sur le toit de sa maison que je ne quittais presque plus, des heures à chercher l'ombre où nous nous retrouvions, de la nuit qui descendait enfin lourdement sur le monde et qui nous abritait jusqu'au petit matin dans sa tiédeur calme.

Disons qu'il y a eu ces jours et ces nuits. Pour moi, ils se confondent avec tous les autres, ils les absorbent dans la même épaisseur tranquille d'un bonheur dont je ne sais plus situer ni le début ni la fin. Mais je veux bien qu'il en ait été ainsi alors que se terminait cet été-là.

Il y avait le jour. Nous nous éveillions dans la moiteur déjà là du matin. Rien ne nous pressait. Nous laissions nos rêves se défaire doucement dans l'émerveillement du réveil. Et, heureux ou inquiets, ces rêves, nous les oubliions sans scrupule car aucun n'approchait en beauté, en intensité, la réalité où nous étions entrés. Je prenais Lou dans mes bras et puis nous replongions dans le sommeil ensemble. La même respiration nous faisait nous répandre dans la fraîcheur sans pareille des draps. Le grand bleu de l'azur tombait sur nous depuis la transparence des vitres que couvrait à demi le noir des volets. Venu certainement du sommeil, un fantôme de désir me poussait vers le corps de Lou. Un instant, j'aurais voulu la prendre aussitôt. Parfois, je le faisais. Je lui disais : — j'ai envie de toi. Elle me répondait à demi endormie : — alors, prends-moi, mon cœur. Cela semblait si naturel. Nous passions dans les bras l'un de l'autre. Nous ne faisions pas forcément bien l'amour. Mais ni pour elle ni pour moi, cela n'avait d'importance. C'était juste une manière de laisser nos deux corps se dire bonjour. Ils le faisaient vite mais avec beaucoup de douceur. Tout était rapidement fini. Ni Lou ni moi n'avions proprement joui mais nous étions satisfaits du matin qui nous faisait nous retrouver ainsi. Pris dans le bracelet de nos bras, nous restions longtemps, sa peau contre ma peau. Puis elle descendait se doucher tandis que je préparais le petit déjeuner.

Le chat de Lou nous avait observés, ses yeux brillant dans l'obscurité. C'était une chatte assez âgée, très douce, qui vivait avec Lou depuis plus longtemps qu'aucun homme. Elle en avait vu bien d'autres mais je me confortais dans l'idée qu'avec moi, il s'agissait d'autre chose. Elle avait allongé son corps sur l'oreiller de Lou, faisant comme un col de fourrure sur ses épaules nues, et elle ronronnait, sollicitant un mot, une caresse, attendant que j'aille vers la cuisine, jusqu'à son bol pour lui donner à manger. J'aimais qu'elle soit seule dans la confidence de ce que nous faisions. Elle et moi, nous partagions la même maîtresse, en somme, et c'était bon.

Léa montait souvent par l'escalier. Elle guettait si nous étions réveillés puis elle venait se glisser dans le lit entre nous. Il fallait lui faire cette place-là très précise : son petit corps entre nos épaules qui nous forçait à nous détacher l'un de l'autre, à nous écarter ou bien qui nous réunissait puisqu'elle passait ses bras autour de nos deux cous, ses mains dans nos cheveux, dans les miens. Léa se tournait vers Lou en suçant son pouce puis voulait chahuter avec moi ou bien avec le chat. Et tout dégénérait assez vite. Cela durait jusqu'à ce que Lou déclare qu'elle en avait assez de tout ce bazar, qu'elle voulait rester encore un peu tranquille et qu'elle nous expédie tous les deux préparer le petit déjeuner. Le temps que nous nous soyons acquittés de notre mission, la matinée était déjà presque terminée. Nous traînions devant le fond de nos bols de café froid, en écoutant de la musique, les rideaux de la cuisine déjà à demi tirés tant la chaleur était grande. Nous embarrassions Lou qui décidait tout à coup que sa maison se trouvait dans un tel état de crasse et de désordre qu'elle exigeait une séance immédiate et intensive de ménage : aspirateur, serpillière, javel, lave-linge et lave-vaisselle. Léa et moi, ne demandant pas notre reste, nous retournions dans la chambre pour regarder à la télévision des dessins animés. Ou bien, nous allions rapidement nous laver, nous habiller et sortions sous le prétexte de faire deux ou trois courses afin de remplir les placards et puis le frigidaire.

Le soleil était si accablant qu'il coupait l'appétit. Nous déjeunions de peu puis décidions que l'heure de la sieste était venue. Le sommeil est un étrange stupéfiant. On en abuse et il produit ses effets, comme un opium qui investit le corps, tous les replis du cerveau. On s'endort, et puis l'on se réveille, juste pour s'assurer que l'on n'est pas seul à rêver, qu'il y a un corps fidèle qui somnole auprès du sien, et l'on se rendort encore parce qu'il n'y a rien de mieux à faire. Même l'amour est un prolongement du sommeil : les yeux se ferment et s'ouvrent, on ne sait plus combien de temps a passé, il suffit d'étendre un peu les membres, de pousser en direction de l'autre une main, une jambe, de se renverser sur le côté où les corps se retrouvent.

Tous les sons de la rue semblaient faire silence autour de nous. J'entendais juste la respiration de Lou. Ou bien c'était la mienne. Le souffle sifflant sous l'éclatant ciel bleu des fenêtres. Tout l'or du temps, je le sentais qui filait entre nos doigts comme un sable ensoleillé se répandant sur le sol de la chambre, la lumière des vitres descendant sur nous dans sa maison aux murs de miel et de miroirs. Sous le visage de Lou, sous le brun de ses yeux, celui de sa peau, de ses cheveux, le sablier avait ses hanches, qui faisait doucement couler sur nous toute une pluie de secondes s'éparpillant par terre. Elles ne reviendraient plus, rien ne saurait jamais les recueillir et, même dans son souvenir le plus beau, même dans le froissement des phrases que je fais, il n'en resterait rien. Rien : de la poussière couleur d'ocre et de cendre sur laquelle un autre que moi — ou bien personne — viendrait bientôt souffler pour tout verser vers le néant.

Je me rendormais. Un grand voile noir remontait sur mes yeux. Toute l'eau sombre glacée du souvenir gonflait doucement, montait de par terre, refluait, remplissait la pièce et nous faisait flotter à la surface. Ce rêve venait où je voyais nos deux corps endormis faisant la planche ensemble au-dessus de nulle part. Je rêvais que je rêvais. Puis je rêvais que je m'éveillais. Et cela recommençait. Je voyais nos deux corps. Ils tournaient immobiles sur le radeau des draps, le lit porté par le courant, précipité vers le vide et qui dérive. La bouche obscure du monde allait les avaler, elle s'ouvrait en contrebas où le tournis des tourments laissait glisser l'entremêlement de notre amour, plus bas vers le grand déchirement du temps nous séparant, faisant s'élargir la faille où tombe tout ce qui fut nous. Un autre ? Une autre ? Même pas, puisque personne ne serait plus là. Après nous il n'y aurait rien. Personne. Pas même nous. Le monde aurait cessé d'être où nous nous aimions. Tout en lui paraîtrait étrange, incongru, irréel. Et si malgré tout quelqu'un venait, cela ne changerait rien — rien à l'esseulement des jours, rien à la tristesse du temps se traînant au-devant de nous, allongeant l'interminable étal des années, rien à la répétition du regret, à l'irréparable routine d'être séparés l'un de l'autre, de ne plus rien savoir du tout de ce qu'il fait.

Lou se retournait dans le sommeil de sa sieste. Elle ouvrait à peine les yeux, elle demandait : — à quoi penses-tu, mon cœur ? Je laissais descendre juste un murmure vers son oreille, parmi ses cheveux, le long de son cou. Je disais : — à rien, ma toute belle, à rien. Une magnifique douceur pesait de partout sur nous et nous étendait sur le lit, elle nous entourait. Quelqu'un veillait sur nous que j'appelais notre amour. Je lui avais donné ce nom autrefois afin qu'il lui reste même après nous. C'était un mauvais rêve, c'est tout. Je me retournais sur l'oreiller. Je tirais sur nous l'immense et merveilleux drap d'être encore ensemble. Il n'était pas l'heure de se lever. Rien ne pressait. Nous avions tout notre temps.

Vers les quatre ou cinq heures de l'après-midi — parfois nous avions profondément dormi après avoir fait l'amour et il était encore plus tard —, assommés par le sommeil, le corps tout fourbu de n'avoir rien fait, nous nous décidions malgré tout à revenir à la vie visible. Toute seule, Léa jouait depuis déjà longtemps dans sa chambre, exceptionnellement sage et calme, sans plus de soucis ni d'inquiétudes, parce qu'elle savait que notre amour veillait sur elle, depuis la chambre du haut. Nous la retrouvions en bas, parmi ses jouets, ses dessins, ses poupées. Ou bien, c'est elle qui se décidait enfin à monter. Je la faisais goûter. Et puis comme la chaleur s'était enfin un peu dissipée, nous sortions tous les trois, allions prendre un verre à la terrasse presque vide d'un café. Ou alors : nous marchions jusqu'au jardin voisin — le jardin des Plantes ou, plus loin, le parc de Procé — faisant passer nos corps parmi le vert un peu brûlé des pelouses et le feu tout éclatant des fleurs, observant les canards et les cygnes qui montaient à notre rencontre depuis la fraîcheur toute mouillée de reflets de l'étang.

Nantes était tout à fait désert. La société s'était mise en vacances quelque part du côté des grandes stations balnéaires de l'Atlantique et elle nous laissait tranquilles. Il n'y avait plus personne à voir. Et cela nous convenait très bien. Comme nous étions seuls au monde ! Comme nous éprouvions la douceur de n'avoir plus de comptes à rendre à quiconque ! Nous rentrions enfin. Je nous versais à boire tandis que Lou préparait à dîner. Nous bavardions autour d'elle alors que Léa passait à table puis, l'un ou l'autre, nous l'accompagnions jusqu'à son lit, lui lisions un livre, ou bien inventions toute une escorte d'histoires minuscules pour veiller sur elle dans le sommeil. Il était très tard. L'heure était seulement venue où la chaleur du monde fraîchissait sur nous. Nous sentions sa bienveillance qui descendait et venait baigner notre vie.

C'était ainsi. Il y avait des jours, il y avait des nuits. Les nuits ? Mais j'en ai déjà parlé. À quoi bon le faire encore ? Puisque tous ceux qui ont aimé même une seule fois sauront de quoi je parle. Et les autres, pourquoi parlerais-je pour eux ? Je sais bien qu'ils ne me comprendront pas.

IX

C'est un autre air, celui-là, qui se chante parmi les ruines. Un poète l'a inventé pour celle qu'il aimait vers Séville, Paris ou bien Venise.
Un air de valse, dit-il, qui tourne et qui dit :

« Tous deux crachons tous deux
Sur ce que nous avons aimé
Sur ce que nous avons aimé tous deux

Je parle donc au passé Que l'on rie
Si le cœur vous en dit du son de mes paroles

Crachons sur l'amour
Crachons veux-tu bien. »

Oui, puisqu'il faut un jour ou l'autre que le temps vienne. Alors, allons-y, mon amour. Déchirons-nous aussi bien que l'ont fait tous les autres amants. N'ayons plus pitié de nous. Donnons-nous cette dernière preuve d'amour de bien nous détester et de laisser grandir le dégoût de tout au-dessus de notre lit.

Ensuite, ensuite sont venues les choses dont je n'ai plus de plaisir à parler et dont je ne dis l'histoire qu'à contrecœur et parce qu'il faut bien la mener, cette histoire, jusqu'au mot avec lequel elle finit. Je veux bien que ce soit ma faute. J'aurais dû quitter Alice ? Oui, mais Lou ne paraissait déjà plus en avoir envie. Alice, elle, ne le voulait pas, prétendant que si quelque chose changeait entre nous, tout irait seulement vers le pire.

Je ne sais pas. Je me trouvais tout à fait perdu. J'aurais voulu pouvoir nous sauver tous, inventer une réponse qui convienne à chacun et lui évite l'amertume d'être sans amour. Mais cette réponse n'existait pas. Je l'ai cherchée pourtant. Dans ma tête, cela prenait les proportions d'une obsession et m'ôtait l'énergie qu'il aurait fallu pour nous enlever tous à la situation présente. Elle était sans espoir. Cela me rendait triste et maussade, d'une mélancolie qui m'enfonçait encore davantage dans l'impuissance à modifier quoi que ce soit de notre vie.

Pourtant, pendant six mois, rien n'a changé. Il y a eu encore, si j'y pense, ces six mois de répit magnifique où être ensemble — même mal parfois — n'était pas devenu impossible, où malgré tout ce bonheur nous restait. Je vivais avec Lou et puis, deux ou trois fois par semaine, je rentrais chez moi où je retrouvais Alice.

C'est au printemps suivant, seulement, que tout s'est mis à dégénérer. Pourquoi, je peux seulement l'imaginer. Je veux bien penser que Lou en était arrivée à un point de lassitude où tout lui semblait préférable plutôt que la vie qu'elle vivait avec moi et qu'elle se trouvait prête à faire n'importe quoi afin d'en changer. Elle ne doutait ni de son amour pour moi ni de mon amour pour elle. Mais quelque chose l'accablait que je pouvais facilement comprendre puisque j'en sentais également le poids sur moi et qu'il m'anéantissait autant qu'elle. Pour Lou, qui avant moi n'avait jamais durablement aimé, il y avait eu ce rêve qui l'avait visitée et auquel elle avait cru de tout son cœur : que nous soyons totalement l'un à l'autre, que nous nous installions ensemble pour de bon, que je lui donne l'enfant qu'elle désirait. Elle en parlait encore mais, désormais, elle le faisait avec une sorte d'accent mauvais et résigné, comme un reproche qu'elle m'aurait adressé. Ce rêve était passé même si elle s'y accrochait encore. Il lui restait, mais à la manière d'un regret qui empoisonnait sa pensée. Pour moi, il y avait ce rêve aussi, inouï — c'était le même —, de me dire que tout n'était pas complètement fini, qu'il y avait une femme avec laquelle j'aurais pu recommencer la formidable histoire d'aimer. Et à ce rêve, je ne voulais pas renoncer même si je savais bien que toute ma vie me tirait en arrière. Il n'y avait rien à faire, en vérité. Nous nous trouvions devant un mur.

Les jours où nous aurions dû nous retrouver, Lou parfois m'appelait pour me dire qu'elle préférait rester seule. Et nous étions jusqu'à une semaine sans nous voir. Tout ce temps à être séparés nous paraissait impensable. L'un ou l'autre prenait son téléphone. Souvent c'était Lou, parfois c'était moi : elle disait qu'elle ne pouvait pas vivre sans que je sois avec elle, elle disait qu'elle était convaincue qu'il n'y avait jamais eu, qu'il n'y aurait jamais personne d'autre, que j'étais son cœur et que, si je venais à lui manquer, tout disparaîtrait avec moi. Nous nous retrouvions mais chaque séparation rendait plus amère la certitude de notre amour. Je revenais chez elle comme si rien ne s'était passé. Mais nous savions bien déjà que quelque chose s'était perdu. Chaque fois que je partais de chez Lou, qu'au matin je quittais son appartement, emmenant Léa à l'école, retournant chez moi, je ne parvenais pas à me défaire de l'idée que tout cela avait peut-être eu lieu pour la dernière fois. Un pressentiment mauvais me suivait. Une ou deux heures passaient et je téléphonais. Lou décrochait et j'ignorais ce qu'elle allait dire, si je la retrouverais aussitôt ou bien si elle repousserait à plus tard le moment où elle me dirait de la rejoindre.

Et puis revenait le moment où elle déclarait que cela ne pouvait pas continuer ainsi, que tout était fini, et que cela valait mieux de cette manière-là. Le matin, chez moi, j'attendais l'heure où elle aurait dû m'appeler. La forme du téléphone posée sur la table de chevet grossissait et elle emplissait l'espace de mon petit appartement. Je vivais toute ma vie devant cet objet inerte attendant la secousse de la sonnerie. Alors, je n'y tenais plus et c'était moi qui appelais. Sur le fixe et puis sur le portable et si, sur l'un et sur l'autre, elle ne répondait pas, je recommençais et enfin je laissais un message. Ce tourment, pendant des mois, a rempli tout mon temps.

L'énormité imbécile d'une grande semaine nous séparait parfois. Et puis, nous nous parlions, disant toujours les mêmes mots, échangeant la même fausse monnaie de promesses toujours identiques. Nous nous retrouvions et la vie reprenait, pareille à ce qu'elle avait été depuis plus de deux ans. Ni Lou ni moi n'avions cessé d'aimer. Mais notre amour manquait de cette assurance qui lui serait venue de l'avenir, de la possibilité de croire encore en un lendemain différent. Nous faisions des projets, cependant. Nous les multipliions même, nous engageant ensemble dans toutes sortes d'entreprises insensées, afin de mieux nous convaincre qu'un futur existait où nous serions toujours ensemble.

Rien n'avait changé. J'aimais Lou et Lou m'aimait. Mais quelque chose entre nous, même si nous ne voulions pas l'admettre, se trouvait déjà abîmé pour de bon.

Lou avait un plan. Elle en avait même des milliers, tous contradictoires, incompatibles et le plus souvent irréalisables. Dans la plupart, elle me quittait mais c'était presque toujours pour me retrouver ensuite. Elle m'en parlait souvent afin d'en essayer les hypothèses sur moi. Elle en était arrivée à se convaincre qu'il lui fallait s'arracher à ce qu'était devenue notre histoire, qu'elle devait absolument forcer les choses vers un nouveau commencement et que le plus simple serait de faire venir dans son lit n'importe qui.

Rien n'était plus facile à réaliser. Lou attirait l'amour. En y réfléchissant, je n'ai jamais connu de femme dont le corps exprimait autant que le sien la disponibilité joyeuse à la simplicité satisfaite du plaisir. Il y avait donc toutes sortes d'hommes qui tournaient autour d'elle, qu'elle voyait parfois lorsque je n'étais pas là, auxquels, afin de s'amuser d'eux, et de se rassurer aussi sur sa capacité à séduire quelqu'un d'autre que moi, elle laissait entendre que rien avec elle n'était tout à fait impossible. Que Lou ait un jour couché avec l'un d'entre eux ne m'a pas étonné. Ma vraie surprise est venue de celui qu'elle a finalement choisi, et qu'elle ait précisément voulu dans son lit quelqu'un dont elle reconnaissait elle-même qu'à tous égards il ne comptait pas auprès de moi dans son cœur, dont elle admettait sans mal qu'il était au fond indigne d'elle et de ce qu'elle imaginait de sa vie à venir. Quelqu'un que j'avais croisé une ou deux fois, dont le type masculin me paraissait l'antithèse même de la séduction et dont je ne comprenais pas qu'il n'inspire pas à Lou le plus irréductible dégoût. Quelqu'un dont elle disait elle-même qu'il était moins séduisant et même — cela allait jusque-là — encore beaucoup moins beau que moi. Quelqu'un, en somme, qu'elle aimait moins qu'elle ne m'aimait.

Qu'elle ait voulu cet homme précisément — avec lequel elle n'envisageait aucun avenir possible — était la preuve — me disaient sa mère, ses sœurs, ses amies — qu'elle n'avait pas l'intention de rompre vraiment avec moi et de s'engager dans une nouvelle histoire à laquelle elle aurait cru et qui aurait signifié la fin de la nôtre. Je ne sais pas si j'aurais davantage souffert de la savoir avec quelqu'un dont elle aurait été vraiment amoureuse et qui l'aurait rendue plus heureuse que je n'avais su le faire, quelqu'un avec lequel elle aurait eu le désir vrai et beau de refaire sa vie après moi. Parfois, j'avais l'impression que, jusque dans la jalousie dont elle désirait que je souffre, elle souhaitait m'épargner, m'expliquant que je n'avais pas à me sentir blessé dans ma vanité, puisqu'elle me préférait quelqu'un de si visiblement moins désirable que moi. Elle disait ainsi qu'il était tout le contraire de moi qu'elle aimait et que telle était précisément la raison pour laquelle elle me trompait avec lui.

En amour, il y a des choses irréparables dont on ne perçoit pas, sur le moment, vers quel déchirement, quel ennui, quel désespoir elles vous poussent pour toujours. Cela paraît trop énorme et trop triste.

On ne veut pas y croire. On se dit qu'il y aura toujours moyen de revenir en arrière. Mais, au fond de soi, on sait déjà le mensonge auquel on cède et que l'irréversible, en vérité, a eu lieu. Pendant six mois, Lou n'a pas rompu avec moi. Lorsque la fatigue de notre histoire s'abattait sur elle, elle restait toute seule et puis elle voyait cet homme, le faisait venir dans son lit et elle me le disait. Deux jours, parfois deux semaines passaient, et puis nous nous retrouvions. Elle lui avait fermé sa porte, elle affirmait que, cette fois, c'était pour de bon, que tout le temps qu'elle avait passé avec lui avait juste servi à lui faire comprendre que sa vraie vie se trouvait à mes côtés. La brutalité avec laquelle elle le congédiait étrangement me troublait comme si j'en avais également été la victime. Elle avait passé une ou deux nuits avec lui et elle m'appelait chez elle sans lui avoir rien dit. Il lui téléphonait et elle ne décrochait pas, passant la soirée dans mes bras comme si de rien n'était. J'entendais la sonnerie qui insistait. Alors, je disais à Lou qu'il fallait répondre, que s'il ne la méritait pas, cet homme ne méritait pas cependant qu'on le traite comme un chien. Oui, c'est ce que je disais stupidement. Mais sur ce point, je sais maintenant que j'avais tort : en vérité, il le méritait.

Ce que cherchait Lou, je n'arrivais pas à le comprendre et elle ne parvenait pas à me le dire ou même — je crois — à se l'expliquer à elle-même. Une grande colère, un grand dégoût commençaient à s'installer en chacun de nous. Lou était en quête du pire et, bien sûr, elle l'obtiendrait. Toute notre vie était devenue un immonde chaos triste où les ruptures et les réconciliations s'enchaînaient comiquement, semaine après semaine.

Je n'en pouvais plus de ne pas savoir. J'interrogeais Lou. J'étais assez idiot pour me figurer qu'elle était au fait de son désir vrai quand, en elle, il n'y avait plus que confusion et détresse. J'attendais d'elle le mot définitif qui me fixerait sur nous deux. Mais, dans l'angoisse où mes questions la plongeaient, elle disait tout et son contraire. Tantôt, elle m'affirmait que c'en était fini entre nous. Mais aussitôt elle se reprenait et jurait qu'elle ne voyait pas pour elle d'autre avenir qu'avec moi, que tout ce que nous vivions n'était qu'un tumulte nécessaire après lequel nous nous retrouverions pour de bon. Si Lou m'avait dit une fois pour toutes qu'elle me préférait l'homme qu'elle voyait, je m'en serais tenu là, même le cœur crevé. Mais elle ne cessait de répéter le contraire, de me rappeler auprès d'elle. Et moi, bien sûr, je revenais.

Avec Lou, je vérifiais ce que j'avais appris d'Alice quand tout s'était défait entre nous et qu'on n'accomplit pas impunément les gestes de l'amour avec quelqu'un, que les corps s'habituent, s'attachent même — et surtout peut-être — à quelque chose qui les attire en proportion exacte de ce qui, chez eux, leur déplaît, leur répugne. Lou disait que, puisque tout était perdu, elle-même, elle cherchait maintenant à se perdre et que ce qui l'attirait chez cet homme tenait précisément à ce qu'elle ne pouvait rien attendre de lui, qu'elle n'en voulait rien, qu'elle se sentait glisser en sa compagnie vers une vie sans vérité, vide et légère, insignifiante, où rien ne prêtait à conséquence. Ni elle — je le comprenais maintenant — ni moi — je l'avais toujours su — ne pouvions faire quoi que ce soit contre le grand désir de tomber qui s'était emparé de nous.

Pas davantage qu'Alice je ne considérais que Lou avait vraiment mal agi en me trompant avec un autre. Je n'étais même pas loin d'estimer qu'elle avait eu raison aussi et que tout était ma faute au fond. Je lui en voulais seulement de s'être laissé faire par un homme dont je jugeais juste qu'il était si peu fait pour elle. Mais dans ma position, c'était bien naturel en somme. Qu'aurait-elle espéré d'autre ? Elle m'en aurait voulu de ne pas lui en vouloir et elle aurait eu raison. Je me représentais que nous étions tous les proies d'une même fatalité, et aucun de nous n'avait eu assez de foi en son amour pour la faire faillir vraiment. Lou suivait simplement le fil de sa propre histoire — dont je savais si peu. Elle avait aussi ses fantômes après elle. Il y en avait de terribles et de tenaces. Ils étaient lancés sans doute à sa suite. Elle était dans son droit quand elle faisait tout — et même n'importe quoi — pour leur survivre.

Je ne connais que la moitié de l'histoire, bien sûr. Et je n'ai jamais rien cherché à savoir du reste. Au point où j'en étais, ayant perdu toute estime de moi, je concevais que n'importe qui fût plus désirable que moi. Peut-être avait-elle ses raisons de préférer la compagnie de cet homme à la mienne. Peut-être s'était-elle mise à l'aimer davantage que moi. Peut-être le lui disait-elle. Certainement, à moi, elle répétait le contraire, soutenant que je serais à tout jamais le grand amour de sa vie, que tout le reste était sans importance, qu'il y avait dans son cœur cette certitude d'être à moi pour toujours. J'écoutais ses mots et je les croyais. Mais j'ai fini par comprendre l'essentiel : que j'avais tort d'accorder de l'importance aux paroles dont je m'imaginais qu'elles l'engageaient auprès de moi. Car, en amour, au fond, ce que l'on dit est toujours n'importe quoi et ne signifie jamais rien.

C'est à ce moment-là que je suis tombé pour de bon. L'été revenait sur Nantes, avec ce ciel uniformément bleu au-dessus de nulle part. Une grande journée limpide brillait sans fin sur le monde et elle me privait de sommeil. J'avais l'impression d'être seul comme jamais. L'infidélité de Lou me fatiguait au-delà de toute raison. Je lui aurais volontiers pardonné — si les mots de pardon, de faute avaient conservé un sens dans ma tête. Simplement, je me sentais excédé par un immense sentiment de gâchis qui m'anéantissait et me laissait sans vie. Je m'imaginais son existence avec cet homme et cela suffisait à faire tomber un grand voile de dégoût sur les choses autour de moi. Alors, nous avons cessé de nous voir. Ou même de nous parler au téléphone.

Un trou s'était ouvert sous mes pas. Il était sans fond. Je l'ai laissé m'aspirer complètement vers le bas. Avec mon orgueil stupide, mon entêtement à me représenter que les choses sont comme je les souhaite, je n'avais jamais voulu envisager l'idée que je pouvais être tout simplement dépressif. Et il est vrai que même au temps de la maladie de notre fille, de sa mort, une énergie m'avait protégé. Je devais maintenant me rendre à la raison. Que je le veuille ou non, je présentais tous les symptômes d'une dépression exemplaire. Tous les soirs, je me mettais à boire, encore plus que de coutume. Une bouteille de whisky, j'en avais fini avec elle en deux ou trois soirées. Je n'étais jamais tout à fait ivre. Quelque chose dans ma constitution me prémunissait contre la déchéance d'être soûl. Du coup, je buvais toujours plus. Je ne mangeais pratiquement plus, perdant du poids davantage qu'avec le plus strict des régimes. Après avoir bu, je m'endormais aussitôt, assommé par l'alcool. Et puis, à trois ou quatre heures du matin, je me trouvais éveillé en plein milieu du noir, inutilement lucide. Même la masturbation ne parvenait plus à me reconduire vers la nuit. Je ne trouvais plus dans ma tête les images de Lou qui auraient suffi à me faire me vider ensuite dans les draps. Une stupide saleté était entrée jusque dans les fantasmes qui m'auraient été nécessaires pour me faire jouir et puis dormir. Tout l'amour, toute idée de l'amour, se trouvait entaché de tristesse.

Je m'éveillais sans avoir trouvé de repos. Dès le milieu de la journée, une folie enflait dans ma tête. Je voulais mourir. Je ne l'avais pas décidé mais sans cesse je butais contre cette idée. Sans l'avoir voulu, sujet au vertige comme je l'étais, je me retrouvais penché au-dessus du vide. Par la fenêtre, regardant sous moi la ville nulle où tout m'était devenu vide, je passais la tête et les épaules depuis le dernier étage de notre maison. En descendant chercher le courrier, je contemplais dangereusement l'œil cerclé de la spirale des escaliers comme une cible, les sept étages au-dessous de moi. Je voyais mon corps rebondir de palier en palier, tous les os brisés par la dégringolade. Dans mon scénario préféré, j'étouffais quelque part, laissant se refermer les doigts d'une main sur ma gorge. J'avais lu qu'on pouvait se pendre à une clenche de porte. Mais je ne comprenais pas comment. Je passais une ceinture de cuir autour de mon cou et puis je regardais le plafond. Je crois vraiment que si, cet été-là, je suis resté en vie, c'est faute d'avoir pu trouver chez moi le clou assez haut et assez solide où fixer une corde.

Je n'attendais rien du suicide. Je ne le prenais pas comme une revanche sur la vie. Je ne le méprisais pas davantage comme quelque chose d'indigne. Il ne signifiait rien. Je ne le voyais comme la preuve d'aucune vérité. J'étais épuisé et c'était tout. Je voulais dormir et qu'on me laisse tranquille, trouver un drap d'oubli dans lequel j'aurais pu m'enrouler dans l'attente d'un matin dont j'aurais pu enfin être certain qu'il ne viendrait pas.

Les deux ou trois nuits par semaine qu'elle passait avec moi, Alice ne pouvait pas ignorer l'état dans lequel je me trouvais. Elle s'inquiétait mais elle ne savait pas davantage que moi changer quoi que ce soit à la situation où nous étions pris. Un matin, avant de partir au travail, elle m'a laissé une prescription d'antidépresseurs qu'elle avait obtenue pour moi de son médecin. Au point où j'en étais, tout était bon à prendre. J'ai commencé le traitement. J'ai laissé s'écouler une ou deux semaines et aucun mieux-être ne se signalait. Mon corps s'en allait de partout. Personne, sans doute, n'est aussi peu hypocondriaque que moi. Cela faisait six ans que je n'avais pas mis les pieds dans le cabinet d'un docteur et je n'y songeais jamais. Pourtant, la conviction s'installait en moi que j'étais malade. Un poids pesait sur mon cœur et sur mon ventre. Je restais longtemps assis sur la cuvette des toilettes et j'y saignais parfois comme une femme. J'avais sans cesse envie d'uriner. J'avais l'impression d'être devenu presque incontinent. Un jour, j'ai regardé la notice contenue dans la boîte des médicaments que je prenais et j'ai lu que les troubles de la vessie faisaient partie des effets indésirables qu'ils produisaient parfois. J'ai jeté les cachets à la poubelle. En deux jours, tous les symptômes avaient disparu. J'ai pensé que, s'il fallait que je m'empoisonne, le whisky, au bout du compte, faisait mieux l'affaire et présentait moins d'inconvénients.

Toute la somme de cette souffrance me semblait insensée. Dans la douleur d'avoir perdu Lou, je retrouvais celle d'avoir vu s'en aller Alice et aussi, plus curieusement, celle d'avoir laissé mourir Pauline. Me dire que Lou m'avait quitté me détruisait et me livrait à un désespoir où se réveillait tout le néant de ma vie passée. D'un coup, la vision m'accablait de toutes les épreuves que j'avais dû supporter depuis dix ans et qui se mélangeaient absurdement les unes aux autres au point qu'il me devenait impossible de distinguer d'où me venait cette douleur contre laquelle je ne pouvais plus rien.

Bien sûr, j'essayais de me raisonner. Je me disais : — ce n'est rien d'autre qu'un chagrin d'amour, pas davantage, tu as connu bien pis. C'était vrai. Mais justement, le pire m'était soudainement rendu dans le déchirement de ce chagrin-là et je réalisais combien rien n'était en vérité réglé du désespoir qui faisait le fond si visible de ma vie et dont toutes les entreprises dans lesquelles je m'étais trouvé engagé depuis la mort de notre fille — écrire, aimer — n'avaient réussi qu'à me divertir insuffisamment. Je me disais aussi : — tu viens d'avoir quarante ans, regarde-toi, l'âge est passé de souffrir ainsi. Je concevais bien qu'un homme adulte comme moi aurait dû trouver en lui assez de ressources de colère et d'indifférence pour considérer l'affaire close, tourner la page, s'engager dans une nouvelle liaison, partir et ne plus se retourner. Mais ma manière à moi d'aimer me laissait totalement démuni, désarmé. Je restais sidéré par le défaut de toutes choses où l'absence de Lou m'avait laissé.

Ainsi a commencé pour moi une vie très étrange dont, à l'époque, je n'aurais jamais imaginé qu'elle allait durer une année entière. Même si nous ne l'admettions pas, même si nous nous disions encore l'un à l'autre que notre vraie vie était ensemble, Lou et moi, nous nous trouvions séparés. Nous restions sans nous voir, sans nous parler. Et puis nous nous retrouvions et nous nous jurions que c'était pour de bon. Mais cela ne durait jamais plus de quelques jours ou semaines. Un dégoût remontait vers nous, qui empoisonnait notre amour, l'enfonçait dans la mélancolie, et Lou me disait qu'elle n'en pouvait plus, que nous nous étions trompés, qu'il fallait en finir vraiment avec cette histoire qui nous épuisait l'un et l'autre.

Un équilibre nouveau s'était instauré et qui ne contribuait qu'à nous plonger toujours plus profond dans la misère et le malheur. Tout était inexplicablement compliqué. Je voyais bien qu'Alice avait cessé de vivre depuis longtemps dans l'exubérance de son amour naissant, que sur elle l'habitude, la déception avaient également exercé leur faculté d'usure. Elle ne souhaitait pas me perdre mais n'était pas prête à me revenir. Elle disait qu'entre nous rien ne recommencerait jamais comme avant, mais elle n'imaginait pas une seconde exister sans moi. Alice et Lou ne se connaissaient pas et, à chacune, je ne disais jamais rien de ma vie avec l'autre. Mais elles semblaient tout à fait informées du point précis où en était mon histoire avec l'autre. Lorsque Lou revenait vers moi, Alice revenait également. Du coup, je me trouvais partagé entre deux femmes qui me disaient également m'aimer. Mais lorsque Lou ou bien Alice déclarait que tout cela n'avait pas de sens, Alice ou bien Lou semblait parvenue au même point de sa pensée et elle me disait que tout était fini entre nous : si bien que je me retrouvais absolument seul, abandonné de toutes parts, réduit à rien.

Mystérieusement, perdre Lou signifiait perdre Alice également. L'impression absurde s'imposait en moi, qu'à mon insu, elles s'étaient arrangées dans mon dos. Sans même s'être entendues, elles me tenaient les mêmes discours, disant toutes les deux que j'étais leur grand amour et que, pour cette raison même, vivre avec moi était devenu impossible au fond. Lorsque tout allait mal avec Lou, je laissais ma vie avec Alice dégringoler vers l'insupportable me disant que, si l'une me quittait, je serais enfin libre d'être entièrement avec l'autre. J'en étais rendu là, j'étais prêt à n'importe quoi pour faire cesser ce va-et-vient de l'une à l'autre, disposé à jouer mon avenir à pile ou face. Et Alice, excédée, me quittait alors. Mais Lou, du coup, n'était plus trop certaine de désirer encore l'issue vers laquelle elle me poussait pourtant depuis deux ans. Tout en jurant qu'elles m'aimaient, l'une et l'autre m'abandonnaient en même temps.

Il y avait Léa également qui, avec sa petite tête de quatre ans, ne comprenait rien du tout à ce qui se passait autour d'elle. Elle ne supportait pas l'homme qui me remplaçait parfois auprès de sa mère. Et elle le lui faisait sentir. Comme elle voulait me faire comprendre à quel point je continuais à compter dans leur vie, Lou me répétait les mots qu'elle avait avec cet homme. Avec obstination, Léa lui rendait l'existence impossible. J'étais reconnaissant à cette toute petite fille de faire preuve de davantage de fidélité avec moi que sa mère n'en avait été capable. Lorsque entre deux ruptures avec Lou, je la revoyais, Léa me faisait de grandes déclarations d'amour excessives — celles-là mêmes dont sa mère n'avait plus le goût avec moi —, me disait combien je lui avais manqué. Avec inquiétude, elle se demandait toujours si j'allais rester, elle insistait pour que je passe la nuit dans sa maison, me confiant en secret avant d'aller se coucher que c'était ce que sa maman voulait en vérité. Je n'en disais rien et pourtant — elle le savait bien — mon cœur se serrait aussi d'être séparé d'elle. Lou avait tenté de lui expliquer la situation et qu'il y avait entre les grandes personnes des disputes qu'elle connaîtrait plus tard et qui les faisaient suivre des chemins différents, s'éloigner, ne plus se revoir, parfois pour toujours. Elle lui avait même dit — et elle avait eu raison de le faire tant on doit la vérité aux enfants — que j'avais une autre maison, une autre femme, que j'avais eu une autre petite fille qui était tombée malade et qui était morte.

À tout cela, Léa n'avait rien répondu. Elle n'en avait jamais reparlé. Mais elle ne voulait pas en démordre. Puisqu'elle ne me voyait plus, elle était convaincue que j'étais mort également. L'idée s'imposait en elle qu'il en va ainsi de tous les hommes. L'absence de tous les hommes autour d'elle la confortait dans le système qu'elle s'était construit et que ma propre disparition venait vérifier. Mort, je devenais son vrai père. La preuve qu'elle cherchait lui était ainsi donnée et elle confirmait toutes les fantaisies qu'elle s'était inventées à mon propos. Une fascination morbide l'emportait. Elle jouait à être morte à son tour comme si elle avait voulu se prouver du même coup qu'elle était bien ma fille. Elle s'allongeait immobile sur son lit, fermait les yeux, restait sans bouger, puis demandait à Lou si être morte ressemblait bien à cela. Toutes les images de destruction vues à la télévision la séduisaient. Un peu plus tard, regardant le pape étendu sur son catafalque dans sa somptueuse tenue d'apparat, couché avec la crosse et la mitre, elle a eu ce mot qui, lorsque je l'ai appris, l'emporta pour moi sur tous les autres commentaires de l'événement, se lamentant soudainement : — oh, non, il est mort, le Père Noël ! Oui, Noël était mort et, pour moi, c'était la seconde fois. Léa allait fêter son cinquième anniversaire. Je me souvenais de lui avoir dit au revoir en la conduisant, le dernier matin, jusqu'à l'école. La certitude m'écœurait de ne jamais voir grandir près de moi une petite fille passant le cap de ses quatre ans.

Ainsi, il y avait Léa, il y avait Lou et Alice, et puis il y avait les hommes auxquels stupidement toutes deux elles avaient attaché leur vie. Une chaîne d'ennui et de souffrance nous liait désormais tous, une chaîne d'amour malade. J'aurais voulu pouvoir la briser et faire entendre une parole qui nous aurait rendus, chacun d'entre nous, au salut d'une affection nouvelle. Oui, j'en était encore à croire à tout cela.

Cela faisait trois mois que Lou et moi étions séparés. Parfois, j'avais Lou au téléphone et le discours qu'elle me tenait était toujours le même. Elle parlait de regret, d'inquiétude, de l'angoisse de sa vie nouvelle sans moi, de la liaison insatisfaisante où elle s'était engagée et qui lui donnait l'impression d'étouffer, de se perdre. Elle promettait qu'elle m'aimait encore, qu'elle était certaine de son avenir avec moi et qu'il fallait juste que je lui accorde le temps nécessaire pour sortir de la situation où elle s'était stupidement installée. Elle me laissait des messages au milieu de la nuit, des messages que je trouvais au matin et qui me paraissaient comme les restes d'un rêve que j'aurais fait sans savoir si je devais vraiment croire à ce qu'ils disaient. Moi aussi, je lui envoyais des lettres excessives et stupides — pour lesquelles j'attendais fébrilement des réponses dont je savais pourtant qu'elles ne signifieraient rien.

Deux ou trois fois, nous nous sommes revus. Être ensemble paraissait tellement évident que nous imaginions nous être quittés la veille. Rien ne paraissait plus naturel que de reprendre à l'instant notre vie d'avant. Lou disait qu'elle avait juste besoin de quelques jours — quelques jours pour congédier l'homme qu'elle voyait désormais, pour lui signifier ce qu'il savait bien puisqu'elle ne cessait de le lui faire sentir, que je lui manquais trop, que c'était avec moi qu'elle se voyait vivre.

Alors, comme elle me le demandait, je laissais passer plusieurs jours. Mais quand je rappelais Lou, je comprenais aussitôt qu'elle n'avait rien réglé, que le courage (ou peut-être était-ce le désir) lui manquait pour tout recommencer avec moi. Elle disait qu'elle avait peur comme jamais, peur de me perdre tout à fait si durait trop longtemps l'éloignement entre nous et qu'il devînt irréversible, peur aussi à l'idée que si nous nous retrouvions, ce serait nécessairement pour de bon et qu'après tout elle n'était peut-être pas faite pour une telle existence. Elle disait que tout était sa faute maintenant et qu'elle ne savait pas aimer, qu'elle le comprenait désormais, qu'au fond elle était sans doute faite pour la vie un peu vide dans laquelle elle s'était laissée glisser, une vie seule dans la compagnie d'un homme qu'elle voyait seulement quand elle en avait envie, qu'elle pouvait mettre à la porte à sa guise car il était bien convenu entre eux qu'il n'y aurait jamais d'existence commune. Elle disait encore que l'excitait peut-être l'idée de coucher, plutôt qu'avec moi, avec quelqu'un de visiblement si peu fait pour elle, quelqu'un auquel elle s'était sans doute attachée par la force des choses et de l'habitude mais dont la jouissance qu'elle en tirait venait précisément du fait que cette jouissance ne menait à rien de sensé, qu'elle était juste pour elle un moyen léger de se perdre. Et que se perdre elle-même, laisser tout se perdre avec elle, s'abandonner à l'insignifiance d'une histoire où l'avenir n'était pas impliqué, au point de confusion où elle en était arrivée à cause de moi, était tout ce qu'elle pouvait encore désirer.

De tels discours, se répétant chaque fois, me fatiguaient au-delà de tout. Car je soupçonnais Lou de dire n'importe quoi, tout et son contraire, de me mentir en se mentant à elle-même. Même si elle prétendait avec obstination l'inverse, j'en venais à penser que tout simplement elle s'était mise à me préférer quelqu'un d'autre et que, depuis le début, puisque j'avais si mal su la comprendre, je m'étais trompé sur elle, sur moi, sur nous. Et cela signifiait aussi que je m'étais trompé sur tout. Pourtant, cela paraissait si incroyable que je cherchais toujours une autre explication. Je m'imaginais que Lou se laissait manipuler et je lui en voulais, elle que j'avais aimée si libre, qu'elle puisse prendre plaisir à se soumettre aux pressions grossières de quelqu'un dont la véhémence vide et la fausse virilité m'avaient paru dès le début si évidentes. Mais peut-être était-ce ce qu'elle aimait au fond, se laisser faire par quelqu'un dont elle n'attendait rien et qui la conduisait ainsi vers nulle part où elle serait enfin délivrée de moi, de tout. Peut-être étions-nous tous, en vérité, à la recherche d'une seule et même chose, Lou, Alice et moi. Peut-être voulions-nous tous ce plus grand malheur possible, celui dont un roman dit magnifiquement que chacun veut un jour le connaître afin, avant de mourir, de devenir soi-même.

Et alors, il n'y a plus rien à faire. Car, ironiquement, ce que l'on désire du fond de son cœur, on l'obtient toujours. Tous, peut-être, nous voulions la tristesse d'une vie séparée de notre amour le plus vrai, la longue torture maussade d'avoir manqué la vérité qu'un jour nous avions tenue à portée de la main. Et si nous demandions désormais cette détresse-là au monde, alors sans hésitation, nous pouvions en être certains, il nous la donnerait bien.

Un peu après Noël, mon exaspération m'avait rendu irréversiblement résolu. J'étais décidé à ce que tout soit fini. Je ne demandais plus rien. J'avais juste envie de tout laisser derrière moi. Lou l'avait sans doute compris. Je ne sais pas ce qui l'a soudain décidée. Tout à coup, elle m'a dit qu'elle allait s'arranger, qu'elle se rendrait libre, qu'elle me laisserait l'emmener où je voudrais. Je suis passé la prendre en voiture. Je ne voulais trop rien savoir. À sa mère, elle avait confié sa fille sans lui dire pourquoi. À l'homme qu'elle voyait et avec qui, j'imagine, elle devait passer le nouvel an, elle a dit soudainement que tout était fini. Nous sommes partis au hasard dans le soir de décembre. Dans l'auto, nous ne nous parlions pas. De part et d'autre de la route, tout le noir de la nuit effaçait les paysages, faisait descendre sur le monde une obscurité indifférente à l'intérieur de laquelle plus aucune pensée n'existait.

Il fallait partir. J'avais l'impression d'avoir déjà vécu cette situation, d'être à nouveau chassé de ma vie — comme autrefois je l'avais été avec Alice lorsque nous avions quitté Paris, errant pendant des nuits entières — et qu'il n'y avait plus de lieu pour moi où je puisse m'arrêter, jamais. Pendant quatre ou cinq jours, nous sommes allés d'hôtel en hôtel, dînant et couchant dans les endroits les plus luxueux où un peu de place restait. La saison était sinistre. La période des fêtes remplissait les restaurants de gens riches, laids, vieux, tristes et fatigués dont la compagnie nous accablait. Je ne me souviens même plus du nom de la petite ville où nous avons passé un incroyable et morne réveillon devant un repas interminable pour lequel nous n'avions pas d'appétit, regardant aux autres tables des fantômes sans âge, en smoking ou en robe de soirée, appliqués à avaler méthodiquement la fastidieuse théorie de plats trop compliqués se succédant dans leur assiette. Chaque jour, nous roulions plus loin, comme si nous avions voulu laisser toujours davantage de distance entre nous et notre vie. La campagne défilait. Il y avait des villages vides au bord de rivières minuscules où nous nous arrêtions pour nous dégourdir les jambes, marcher au milieu de nulle part, suivant des sentiers sur lesquels la boue durcissait entre deux versants de pelouse gelée, contemplant le ciel vif dans le froid bleu de l'hiver.

Nous remontions dans la voiture et roulions jusqu'au village voisin. Nous ne regardions même plus la carte. Nous roulions simplement au hasard passant au travers du désert des mêmes paysages. Le premier jour de la nouvelle année, nous sommes arrivés à Alençon, dans une ville complètement morte où seuls une brasserie et un tabac restaient ouverts. Nous avons déjeuné en plein milieu de l'après-midi. Nous avions l'impression d'être vraiment arrivés au bout du monde.

Parfois, l'amour ressemble aussi à ce sentiment d'être parvenu quelque part où s'exprime soudain l'épuisement de tout.

Après, bien sûr, il a fallu rentrer, retourner vers le monde, reprendre place en lui. Peut-être aurait-il été nécessaire de ne jamais revenir sur nos pas, de partir tout de suite pour une autre ville, pour une autre vie. Peut-être aurait-il été nécessaire de laisser tout le passé s'oublier comme un mauvais rêve qui se répand dans le néant et dont bientôt on ne retient plus rien. Mais nous n'en avons pas eu l'audace. Quand nous sommes revenus à Nantes — c'était les premiers jours de janvier —, avec le début de la nouvelle année, Lou et moi, nous aurions pu croire que tout recommençait, que nous étions désormais — et c'était pour la première fois — vraiment ensemble. Nous voulions le croire de toute notre volonté. Mais, en un sens, nous faisions simplement semblant et nous le savions bien.

Ma disparition de quelques jours avait exaspéré Alice qui, pendant plusieurs semaines, n'a plus du tout donné de nouvelles. Avec une violence sans précédent, elle avait réagi à la reprise de mon histoire avec Lou. Elle disait qu'elle ne voulait pas que cesse la situation dans laquelle nous nous trouvions tous installés et qui, cependant, nous détruisait méthodiquement — et elle, je le savais bien, tout autant que moi. Elle ne parvenait pas à entendre à quel point était devenu insupportable ce simulacre d'amour où nous partagions nos existences en deux, faisant comme si ces deux moitiés pouvaient s'ignorer. Parfois, elle parlait de tout fuir, de partir pour Paris avec moi puisque, disait-elle, c'était avec moi seulement que persévérer vers demain signifiait quoi que ce soit à ses yeux. Une part de moi-même en était également convaincue tant je restais amoureusement attaché à Alice. Mais ce rêve, dont la réalisation exigeait une énergie que nous n'avions plus, restait en l'air. Il demeurait comme une idée vague dans l'attente de laquelle nous aurions dû nous contenter de l'exacte reconduction de ce que, depuis trois ans maintenant, nous avions vécu et que je ne supportais plus. Et puisque — je le répétais — j'en avais assez, et comme — disait-elle — j'étais incapable d'avoir assez de foi dans ce futur qui tardait, mieux valait en finir. Je n'aurais peut-être pas eu encore le courage de quitter Alice. Mais j'avais désormais celui de la laisser s'en aller.

Pour Lou et pour moi, alors, six nouveaux mois ont débuté. Apparemment, tout était rentré dans l'ordre. « Tout est bien qui finit bien », disent les romans qui se terminent. Mais, en vérité, la fin n'était pas encore venue. Ni Lou ni moi ne pensions que le dernier mot avait été dit. Il restait dans notre cœur trop d'amertume, trop d'inquiétude. Quand les autres voulaient nous imaginer dans le contentement de l'amour retrouvé, nous seuls savions que nous n'étions pas encore tout à fait sauvés, pas vraiment à l'abri, pas totalement protégés de cette ombre que quelque chose de néfaste appelait certainement sur nous puisqu'elle nous suivait, nous recouvrait, nous engloutissait dans son encre écœurante depuis des mois.

J'avais peur que le dégoût que j'éprouvais à imaginer Lou avec un autre ne m'empêche de l'aimer à nouveau. Mais, dès le premier soir, nous nous sommes retrouvés pour de bon dans les bras l'un de l'autre. Trois mois de séparation ne suffisaient pas à effacer trois ans d'amour. L'intimité intacte d'une affection vraie veillait sur notre lit. Pourtant, ces trois ans d'amour ne parvenaient pas à faire disparaître entièrement les trois mois de notre séparation. Lou disait qu'elle ne réussissait pas à oublier complètement le goût qu'elle avait pris du corps d'un autre — si absurde et incompréhensible qu'ait été ce goût qui était venu en elle. Et moi, en vérité, je n'arrivais jamais à oublier longtemps le dégoût que m'inspirait non pas Lou — pour laquelle mon désir restait entier — mais ce goût qu'elle m'avouait pour un autre corps que le mien.

Parfois, nous faisions mal l'amour : je ne me trouvais pas assez dur, je jouissais trop vite, ou même si je parvenais à bouger bien et longtemps en elle, je voyais que Lou restait sans réaction et qu'elle n'avait pas le désir de venir jouir de moi. Alors, la tristesse maladroite de deux corps qui ne s'accordent pas — ce désagrément qui autrefois nous aurait paru sans plus d'importance qu'une péripétie, un pur contretemps —, Lou l'interprétait comme le signe que nous ne retrouverions jamais l'état d'euphorie amoureuse que nous avions longtemps connu. Pourtant, parfois, nous faisions bien l'amour. Cela arrivait souvent aussi. Mais alors Lou me reprochait de vouloir trop bien faire et de la conduire au plaisir simplement afin de produire la preuve que cela était encore possible. Certainement, elle avait raison également. Une angoisse ne me quittait plus. J'avais à cœur de faire s'effacer tout ce qui nous avait éloignés. Au lit, je me livrais à cette démonstration imbécile dont se dispense, quand il existe, l'amour vrai. Lou jouissait, cependant. Et moi avec elle. J'entendais remonter depuis sa gorge le murmure magnifique d'autrefois, je sentais les spasmes de son ventre contre mon sexe après le formidable effondrement de nos deux corps. Mais — comment dire ? — même sa jouissance ne la satisfaisait plus tout à fait. Quelque chose y manquait — cette chose dont, peut-être, nous n'osions pas nous avouer l'un à l'autre qu'elle s'appelle l'amour. Et même quand le désir revenait tout à fait, que le bienheureux bien-être d'avoir été l'un à l'autre nous laissait contents comme aux premiers temps, un soupçon mauvais s'insinuait dans notre lit et nous tourmentait.

Des pensées me visitaient auprès d'elle. Je me souvenais comment Lou, au début, jouissait de rien quand elle était amoureuse de moi, et qu'il suffisait d'un geste, de mes lèvres, de ma main, pour qu'elle vienne aussitôt. Je n'avais presque pas besoin de la toucher. Je pouvais dire un mot simplement, la prendre dans mes bras dans la rue, laisser mes doigts glisser dans son cou, lui sourire seulement et cela suffisait pour que l'immense et doux tremblement de la terre au-dessous de nous reprenne, que le monde entier se mette à bouger jusqu'au bout et qu'il nous laisse magnifiquement seuls comme jamais. Et moi, n'importe quoi d'elle m'était assez. Trop, même. Sa voix au téléphone, certains des mots qu'elle disait me bouleversaient physiquement... La promesse de la retrouver lorsque je descendais la rue du Calvaire jusque vers sa maison où elle m'avait appelé, l'escalier, la porte, et dans l'appartement où elle vivait, n'importe lequel des objets qui avaient touché son corps, l'épave merveilleuse d'un soulier dans un coin, d'une pièce de lingerie, d'un vêtement vide au pied du lit ou bien sur le dossier d'une chaise... De tout cela, je jouissais incroyablement. Et de tout cela, je me souvenais avec la plus extraordinaire et cruelle précision maintenant que tout paraissait devenu terriblement laborieux et sans vie entre nous.

Il n'y a rien de plus à expliquer. Nous vérifions simplement cette vérité vide et triste que chacun éprouve un jour, et qu'il n'y a plus moyen de revenir vers avant quand, entre un homme et une femme, certaines choses se sont passées et qu'elles les ont fait basculer, chacun de son côté, vers l'un ou l'autre des versants d'une vie à jamais esseulée.

Il y a l'amour, pourtant. Il était là, encore. Étrangement, nous le sentions tout autour, toujours, physiquement présent à la façon d'une troisième personne qui aurait été nous et sans laquelle chacun aurait cessé d'exister aussitôt. Jamais l'idée ne nous visitait longtemps qu'il avait tout à fait disparu. Son évidence faisait notre vie. Et il n'y en avait pas d'autre. Les bras ouverts, les jambes écartées, le tutoiement des ventres, le face-à-face des deux corps allongés l'un sur l'autre dans l'horizontalité du lit, la respiration partagée du sommeil, l'entremêlement des membres au matin, l'extraordinaire familiarité des gestes, l'enthousiasme soudain d'être de nouveau présent dans la proximité de l'autre... Non, rien de tout cela n'avait vraiment disparu. Je tendais la main et Lou était là. Elle se tournait vers moi, contre moi, et j'étais là aussi. Devant le monde — qui n'existait pas —, nous étions de nouveau ensemble et, les autres, nous les regardions avec l'arrogance retrouvée de ceux qui sont convaincus qu'ils se suffisent l'un à l'autre et n'ont besoin de personne à leurs côtés pour se prouver qu'ils existent.

Il s'en fallait de peu vraiment pour que tout reprenne et nous conduise vers un lendemain identique aux jours que nous avions connus. Mais quelque chose en nous ne croyait plus à notre chance. Chaque fois que nous nous retrouvions, c'était avec la conviction que rien, pour nous, n'était acquis et qu'il fallait reprendre à partir du début la démonstration de notre amour. Dès que nous nous éloignions un peu, nous retombions dans notre vieille vie. Alice était réapparue et il m'arrivait de penser que tout le passé avec elle faisait d'elle pour moi, après tout, l'amour nécessaire, le seul à être vrai peut-être. Il est arrivé aussi que Lou revoie l'homme qu'elle avait quitté et qu'elle le laisse venir quelques nuits auprès d'elle.

Nous nous retrouvions pourtant et la certitude ne nous quittait pas d'être irrévocablement à la veille de notre vraie vie ensemble. Nous attendions l'un de l'autre l'engagement d'un geste qui nous aurait arrachés à notre routine revenue. Il aurait suffi d'un hasard. Un jour, Lou a cru être enceinte, ses règles inhabituellement en retard. Je suis allé chercher un test de grossesse à la pharmacie de la place du Pilori. Revivre cette scène — toujours la même, que j'avais vécue plusieurs fois avec d'autres femmes, il y a si longtemps, dans une existence où j'étais jeune et un autre — me procurait un singulier sentiment de déjà-vu. Je ne savais plus bien ce que je désirais. J'attendais dans le salon que Lou sorte des toilettes et que les quelques minutes passent au bout desquelles la ligne bleue apparaîtrait ou non sur le petit écran du doigt de plastique qu'elle avait placé sous elle. Il me semble que je ne pensais à rien, prêt à accepter ce qui adviendrait. Mais il n'y avait pas d'enfant. Et je voyais Lou, désolée, désespérée même, de ce signe qui manquait, que pas plus que moi elle n'était certaine de désirer encore tout à fait mais dont elle savait qu'il nous aurait forcés l'un vers l'autre et que cela aurait été la seule chose qui aurait pu nous sauver désormais.

Pendant plusieurs semaines, nous avons cherché ensemble un logement plus grand où Lou et Léa auraient pu s'installer, qui nous aurait tous arrachés à notre existence ancienne, et où, peut-être, j'aurais pu venir également. Nous avons visité une dizaine d'appartements ou de maisons. C'était comme un jeu. Nous devions passer pour un couple — légitime ou du moins installé — afin de vaincre la suspicion des agences, des propriétaires. Lou parlait de moi en disant : « mon compagnon », donnant des informations sur notre situation, sur les garanties financières que nous pourrions fournir. Ostensiblement, lorsque nous visitions les lieux, nous faisions semblant d'envisager où se trouveraient notre chambre, celle de Léa, nos bureaux. Je crois que nous donnions bien le change. Nous ressemblions exactement à ceux que nous n'étions pas vraiment mais que nous aurions voulu devenir. Plusieurs fois, Lou a été à deux doigts de signer. Mais toujours, au dernier moment, quelque chose n'allait plus. Le logement ne convenait pas. Ou bien : un autre couple de locataires s'était décidé avant nous. Et, chaque fois, la déconvenue nous paraissait le signe répété que notre chance nous avait quittés. Il n'y aurait pas plus de maison qu'il n'y avait eu d'enfant.

Alors, nous retombions au même point. Je passais quelques jours chez Lou. Je rentrais un soir chez moi. Et le lendemain, nous retrouver n'allait plus de soi. Une semaine passait. Nous décidions de partir, imaginant qu'ailleurs tout saurait mieux recommencer entre nous. Lou confiait Léa à sa mère, à sa sœur. Notre vie était une fuite. Nous allions à Paris, vers telle ou telle ville de province ou d'Europe où le prétexte d'une invitation m'appelait. Je me débarrassais avec hâte de la corvée d'une conférence et nous nous enfermions dans la clandestinité triste d'un hôtel où nous suivait tout notre passé. Chaque fois, nous avions le sentiment que tout se jouait pour nous sur une seule nuit qui effacerait toutes les précédentes. Parfois, l'énervement gâchait tout le plaisir que nous espérions tirer de nos retrouvailles. Il arrivait aussi que tout paraisse avoir lieu merveilleusement bien. Mais cela ne réglait jamais rien.

En juin — et cela faisait donc six mois que nous nous trouvions ainsi dans l'inquiétude et dans l'indécision —, Lou et moi, nous sommes partis en Italie afin d'y retrouver des amis qui nous avaient invités à Bologne. Quand je suis rentré, Alice avait emporté ses affaires de l'appartement. Tout ce vide me désolait. Il me laissait libre et abattu — effrayé comme Lou, mais pour d'autres raisons, à l'idée que plus rien ne nous retenait désormais d'être l'un à l'autre. Je crois qu'une grande fatigue était descendue sur nous contre laquelle nous n'avions plus de force et, à nouveau, Lou m'a dit qu'il valait mieux ne pas nous voir. La scène avait déjà eu lieu à une dizaine de reprises. Peut-être, cette fois, n'avait-elle pas davantage d'importance et de signification que toutes les autres. Mais je sentais en moi trop de colère, de dégoût, d'épuisement pour répondre à Lou qu'elle avait tort. Je me représentais qu'elle voulait simplement m'éloigner d'elle pour retrouver l'homme avec lequel elle avait rompu, et ensuite me rappeler auprès d'elle dans un mois ou bien une semaine. Et l'énergie me manquait trop pour rejouer une fois encore toute cette comédie qui m'anéantissait. Je voyais venir sur nous tout le temps triste d'une séparation pour de bon. Je n'y croyais pas tout à fait, sans doute. Je me disais qu'elle reviendrait — tant il me semblait impensable qu'elle puisse préférer vivre avec quelqu'un d'autre que moi. Mais je ne découvrais plus dans mon cœur la foi qu'il m'aurait fallu pour m'imaginer alors que je retournerais aussi vers elle. Cela, je ne l'ai pas compris sur le coup. Je l'ai réalisé seulement au bout d'un mois lorsque j'ai senti que malgré tout le malheur d'être séparés — malheur que Lou éprouvait sans doute autant que moi — nous étions restés sans nous faire signe du tout l'un à l'autre tout l'espace impensable et presque infini qu'avait laissé s'écouler sur nous la succession absurde de ces quatre semaines, tristes et amères, loin de notre amour vrai.

X

« Un jour on saura que nous fûmes
Nous deux ô mon amour et que saura-t-on d'eux
Si leurs lèvres n'avaient au-dessus du grimoire…

S'il n'y avait pas eu ce baiser échangé.

Qui donc garderait la mémoire
Qu'il fut une cité du nom de Rimini. »

Au musée d'Angers, Ingres a peint ce tableau, je crois, nous l'avons vu ensemble un jour : deux amants penchés sur un livre tombant de leurs mains qu'il a réunies. Ne me demande pas leurs noms. Ils sont chacun. Ce n'est ni toi ni moi — pas davantage que nous ne sommes les personnages de ce roman. Mais ils sont d'autres, d'autres avec lesquels on nous confondra bientôt.

Alors, j'ai fait la chose la plus stupide qui soit, la seule qui me restait et que j'avais l'illusion de savoir faire. Je me suis mis à écrire. Il y avait toutes sortes de choses que je ne comprenais pas. Je me figurais qu'en faire un livre leur donnerait soudain leur vraie signification. Je ne comprenais toujours pas dans quel précipice m'avait fait tomber la mort de ma fille. Je ne comprenais pas comment tout en était venu à verser dans ce vide : mon amour pour Alice, mon amour pour Lou, et le reste à la suite. Je voyais cette béance-là vers laquelle le monde entier s'était mis à glisser avec moi. Beaucoup d'explications venaient à mon esprit mais aucune n'entamait jamais l'incessant sentiment d'insignifiance que m'opposaient les choses. Avant, il était d'autres vies entre lesquelles j'aurais pu choisir. Je les imaginais, et moi avec elles, existant ailleurs et autrement dans le temps déployé de tous les possibles. Et maintenant, il était trop tard.

Écrire était une vieille superstition à laquelle, sans y croire tout à fait, je me confiais à nouveau. Une sorcellerie stupide de mots et de signes, tout comme celle à laquelle j'avais remis autrefois le soin de ma vie. Le charme avait une première fois agi. Mais maintenant, j'étais devenu sa victime. C'était bien fait pour moi, certainement. En y réfléchissant, je n'avais rien à dire pour ma défense. Imprudemment, j'avais laissé s'écrire le roman mental dont je ne sortirais plus. Et cela n'avait vraiment rien d'exaltant. Un grand labeur sale, inutile et dégoûtant m'attendait.

Personne ne vous oblige jamais à faire l'aveu de votre vie. Rien ne vous contraint à l'énervement pour rien d'une telle entreprise. J'étais malade, sans doute. Idiot, plutôt. Et depuis toujours. Fou, d'une folie dont il ne s'était pas trouvé autour de moi quelqu'un qui ait eu le courage de me dissuader vraiment et assez tôt. Il fallait que je raconte. Que je dise tout et pour personne. Que j'accumule contre moi une somme d'évidences que les autres — et ils auraient raison — retiendraient contre moi. C'était le fond de l'affaire. Je pouvais prétendre le contraire, bien sûr. Oui, mais tout était plus simple en fait. Je parlais pour me perdre. Et j'y parviendrais.

Alors, je me suis mis à raconter l'histoire de mon amour pour Lou. Je ne sais pas à qui ce récit était destiné ni ce qu'il pouvait bien vouloir dire. Un démon avait mis sa main sur moi. Je voulais comprendre et ce démon me disait que cela était possible, qu'il y avait comme un secret dont je devais résoudre l'énigme. Il suffisait que je mette les mots qui conviennent sur tout ce que j'avais vécu. Alors je verrais quel lien nécessaire unissait tout le rebut splendide d'images où subsistait le souvenir de ce que j'avais aimé. Et s'il n'y avait rien à comprendre, du moins, cela, me disais-je, je l'aurais compris.

L'idée m'obsédait de savoir le dernier mot. Je me représentais qu'ensuite je serais quitte de tout. La grande sentimentalité de mon être — cette sentimentalité même qui m'avait ruiné — se doublait de la passion toute cérébrale de réaliser pourquoi. Et ce mélange en moi de deux désirs qui s'excluaient l'un l'autre me déchirait tout à fait. Face à ma vie, je me trouvais désormais comme devant un livre. Je ne pouvais plus résister au désir entraînant qui me forçait à en tourner les pages pour connaître la fin. Quelque part, il devait se trouver un récit où tout aurait eu sa place et si, dans ce récit, la mort de ma fille semblait devenue comme un événement très lointain, je gardais pourtant la conviction que tout avait commencé là, avec cette histoire triste qui interminablement contiendrait sa suite.

Il n'y a de roman que d'amour. On veut apprendre d'où vient cette aimantation des corps aimants qui les attache les uns aux autres et fait soudainement exister entre eux ce lien que rien ne déliera jamais plus. Ce désir de savoir n'a pas de cesse. Rien ne l'altère. Même le temps qui passe et où l'énergie s'use, même la grande routine d'avoir déjà vécu ne peuvent rien sur lui. On se dit que le récit continue, le même au sein duquel toutes les histoires n'en font plus qu'une : le long tourment tournoyant d'aimer où sont pris tous les amants et qui les fait identiques. L'âge avance et la curiosité de l'enfance, étrangement, ne s'efface pas. Il y a eu les autres, il y a soi parmi eux, toute l'immense accumulation des corps dans le temps, leur dégringolade en spirale vers le néant qui les avale. Un tourbillon, écrit le poète, qui brûle, agite et déchire. Oui, le vent charrieur de légendes et ses traînantes huées, avec ces noms qu'il porte dans le vide et dont chacun rapporte la même histoire d'aimer. On vient vérifier sa présence à soi dans le noir partagé d'une passion vaine, insistante et vorace, passion dévoreuse de chair, que toute la terre laisse tourner sur elle-même, plantée sur sa pointe, comme une toupie de rien et qui erre.

L'amour est le roman, et lui seul. Car dans un roman, tout ce qui ne parle pas d'amour n'est que digression, temps perdu, répit pris par faiblesse comme celui que se donnent les amants entre deux étreintes. L'essentiel est la scène. Il n'y a jamais rien eu d'autre qu'elle. Elle dit le glissement magnifique de deux solitudes dans le creux du même lit, l'évidence révélée d'un accord incompréhensible dans la nuit. Un homme, une femme. Un corps, un autre corps. La césure des sexes scindant l'univers en deux et s'ajointant pourtant dans le secret de silex d'un silence. Le long murmure montant vers nulle part d'une jouissance qui ne dit rien et se réduit à l'expression suffisante de sa propre certitude, insolente et fragile.

Mon histoire avec Lou, je me suis mis à l'écrire. Je me devais à moi-même ce récit, même s'il était le dernier, car avec lui le reste me serait rendu. Une histoire de rien, je le voulais bien. Déshonorante autant que toutes les autres. Insignifiante, certainement. À mesure que nous dégringolions sur le versant de notre vie ensemble, tombant toujours plus bas, roulant vers la dépression d'un abîme nous laissant séparés, je suivais solitairement la pente à contresens, j'en revenais au moment où tout avait commencé afin, dès les premières pages, de me laisser glisser à nouveau vers le bas. Beaucoup d'amertume et autant de douceur rentraient dans le récit que je me faisais à moi-même de notre amour. Oui, le livre a encore raison, dans le moment même du malheur, il n'y a pas de plus grande douleur que de se souvenir des jours heureux.

C'était l'été, encore, son long esseulement de journées vides sous le ciel bleu. J'écrivais et sans savoir pourquoi. Ma main alignait des mots tombant à mesure de ma mémoire. Et la certitude grandissait dans mon cerveau que quelque chose se faisait malgré moi dont je ne pourrais pas répondre, un livre témoignant contre moi, un roman dont je n'aurais jamais le courage d'affronter réellement les effets qu'il ne manquerait pas de produire autour de moi s'il était un jour publié. J'écrivais afin de me sauver puisqu'il n'existe jamais d'autre raison de le faire. Mais je voyais très lucidement quelle dévastation de ma vie signifierait un tel salut. Et que l'intimité exposée de mon existence, tout ce sur quoi je croyais pouvoir encore compter se trouverait ainsi renversé d'un seul coup. Je crois que j'aspirais à ce désastre. Je voulais de cette vérité-là. L'anéantissement qu'elle entraînerait était le gage que j'aurais eu raison. Peut-être était-ce simplement désir de me détruire, ce désir auquel je n'avais pas eu le courage d'obéir au moment de la mort de ma fille, un désir de mourir dont j'avais cru me préserver en me mettant à écrire, sachant confusément qu'écrire ne m'en guérissait pas, en modifiait simplement la forme et perpétuait du coup en moi le travail lâche et lent d'un poison agissant comme un stupéfiant dans mon sang. C'était ce désir aussi bien qui expliquait au fond la façon maladive que j'avais eu d'aimer, cette volonté que j'avais fini par si bien comprendre de verser vers un néant où j'aurais été délivré de moi, rendu au rien que je cherchais, ce rien qui sans doute était la vérité de l'amour et que j'avais attendu d'Alice et puis de Lou. Si cela était le cas, j'avais vu juste, toute cette histoire n'en faisait bien qu'une, et depuis le début. Je ne sais pas. Je voulais certainement me sauver. Mais cela signifiait : me perdre.

J'écrivais sans savoir vers où et c'était pour la première fois. Ou plutôt, je le savais mais je ne m'y résignais pas et, du coup, je ne concevais pas quelle conclusion j'allais bien pouvoir donner à mon livre. Pourtant, je connaissais l'histoire (« la chanson » comme on dit). La règle veut que tout s'achève. Il faut que les amants meurent, qu'ils meurent comme amants pour que le roman se termine avec eux. Et alors quelqu'un survit à l'amour afin de le raconter enfin. J'aurais voulu que ce quelqu'un fût un autre que moi.

Ce n'est pas exactement qu'il n'y ait pas d'amour heureux. Ce n'est pas non plus que le temps défasse forcément tout. Je pouvais aisément imaginer toute ma vie s'étirant dans la compagnie exclusive et douce de celle que j'aurais aimée, sans terme aucun, se perpétuant indéfiniment dans l'effacement bienheureux des heures, des nuits et des jours. En un sens, rien n'était plus naturel ni plus évident. L'amour ne contenait pas en lui-même la nécessité de sa fin. Ceux qui le prétendaient n'avaient pas su aimer, c'était tout. Non, la fatalité à l'œuvre s'exerçait ailleurs où cependant elle manifestait toute sa force : elle commençait dès que l'on se mettait à raconter — et même seulement à soi-même dans le secret de son cœur —, à partir du moment où l'on faisait une histoire de sa vie, que celle-ci lui donnait la forme d'un récit auquel il fallait bien un début et une fin. Et comme tout amour était un roman, puisque tomber amoureux signifiait basculer la tête en avant dans le roman soudain révélé de sa vie, peut-être n'y avait-il pas moyen, au fond, de se soustraire à cette règle voulant que tout fût enfin anéanti.

Il fallait la fin, le gage mélancolique d'un sacrifice qui garantit que l'histoire a bien eu lieu. Au point où nous en étions, je voyais bien vers quelle conclusion logique un autre — s'il avait été moi — aurait conduit mon récit pour y poser le dernier point. Que je retourne vers Alice, que je retrouve Lou, que je reste seul, cela revenait au même en somme. Heureuse ou malheureuse, je devais faire une fin. C'était une manière très simple de laisser se refermer le livre sur le récit tout à fait révolu de l'amour. Tous les écrivains s'en tiraient ainsi. Et les amants avaient appris d'eux la leçon de leur vie : que l'amour, parce qu'il est l'expérience affolante du néant, démontre qu'il existe seulement s'il meurt et qu'ainsi il lui faut disparaître, s'annuler afin de faire la preuve qu'il a bel et bien été.

Sans doute, c'est la loi, ne peut-on faire un roman que de ce qui se termine. Une morale plus forte parle contre soi. J'aurais dû me faire une raison certainement, laisser tout s'achever et disparaître afin de faire entendre une grande et calme parole de paix mélancolique sur le monde, une parole de pur renoncement. Depuis toujours, c'est ainsi qu'on écrit des romans d'amour.

Mais moi, à aucun prix, je ne voulais que l'histoire s'achève. Jamais je n'aurais voulu qu'Alice ou bien Lou disparaissent vraiment. Même séparées de moi, je les souhaitais interminablement vivantes, heureuses si elles le pouvaient, poursuivant pour elles-mêmes le récit de leur amour — où une place me serait peut-être restée. Quant à ma propre mort, je n'étais plus trop certain de la désirer vraiment. L'énergie d'en finir avec moi-même m'avait quitté à mesure que j'écrivais. Elle s'exerçait sur moi mais d'une manière nouvelle. Racontant ma vie, j'éprouvais le sentiment ordinaire d'être devenu personne — si bien que l'extrême impudeur de mon propos perdait toute conséquence, ne me concernant plus, moi, mais quelqu'un qui était tout le monde et auquel je ne ressemblais pas davantage que n'importe qui. Je me tuais à écrire. Littéralement. Bien plus que pour aucun de mes précédents romans. J'éprouvais physiquement ce qui fait l'extrême difficulté de l'exercice, que seuls savent les écrivains, d'un savoir d'ailleurs sans valeur ni usage : non pas la hantise de la page blanche, les affres du style, toute cette minable mythologie maniaque, mais la conviction très concrète de s'avancer lentement en direction d'une vérité absurde, irraisonnée, inutile et interdite contre laquelle tout parle et qui exige cependant qu'on la dise une fois pour toutes, qu'on traverse, pas à pas, page après page, tout l'espace d'un grand livre encore inécrit sans pouvoir compter sur l'appui d'aucune certitude extérieure à soi. Une force sombre me poussait en avant, me faisant faire quelque chose qu'il n'aurait pas fallu mais qui m'attirait irréversiblement, me conservant inexplicablement en mouvement vers nulle part. Cela me tuait, vraiment. Cette force me détruisait. Je le sentais à la douceur très joyeuse de se perdre qu'elle me procurait aussi. Plus le livre s'écrivait et grossissait pour devenir un objet incongru et injustifiable auquel le monde ne pourrait faire aucun accueil, plus je sentais s'effacer la présence même de celui que j'avais été. Le récit que je me faisais à moi-même du néant de l'amour laissait se lever une grande nuit aux côtés de ma vie, comme un revers d'ombre où glissait une figure de moi-même que la cruauté même de l'expérience mettait à mort, réduisait à rien. Et l'étrangeté de l'opération tenait à ce qu'elle me conservait irréductiblement vivant.

J'étais fatigué de la mort. Sans doute en avais-je appris trop sur elle. Le souvenir de notre fille veillait sur moi. Et c'était, quand j'y réfléchissais, lorsque j'y rêvais parfois, la seule chose qui me donnait encore envie de pleurer. Je me demandais souvent — et c'était une idée absurde bien sûr — ce qu'elle aurait pensé, souhaité de nous, non pas si elle avait vécu mais si, survivant à sa propre mort, mystérieusement elle avait été capable de voir ce que nous étions devenus. Et cela signifiait aussi — plus absurdement encore : lire ce que j'étais en train d'écrire comme elle avait lu, je le croyais contre toute raison, mes précédents romans qu'au fond j'avais écrits pour elle, faits afin de maintenir la fiction insensée qu'elle existait encore puisque quelque chose, même d'aussi insignifiant qu'un nouveau roman, lui était toujours destiné.

Je me demandais si elle nous en aurait voulu de ne pas l'avoir suivie dans la mort comme nous nous en étions plus ou moins fait la promesse, si elle aurait été triste de la distance grandissant entre celui et celle qui avaient été son père et sa mère auprès d'elle, si elle aurait été heureuse de l'ancien amour persistant entre nous, même de la façon la plus insolite, et du nouvel amour à travers lequel, chacun, nous avions tenté de rester vivants. Je ne pouvais pas m'empêcher de m'imaginer qu'elle nous aurait donné raison sur tout, et contre tout, voyant bien que nous avions fait ce que nous avions pu, que nous avions essayé de trouver le moins mauvais arrangement possible avec un malheur qui, de toute manière, excédait nos forces et duquel, depuis le début, nous n'avions jamais eu aucune chance de sortir gagnants. Je me représentais que, si elle avait pu, elle nous aurait fait un simple signe bienveillant d'encouragement à continuer malgré tout, tant bien que mal, et que la seule chose qu'elle aurait exigée de nous aurait été de ne pas donner raison à la mort, parce qu'elle la connaissait mieux que nous et qu'elle avait assez souffert pour que nous ayons compris au moins ceci : qu'elle ne mérite aucune indulgence, qu'il n'y a rien de beau ni de romantique en elle, qu'il faut juste la traiter par le mépris et la haine, s'arranger afin de lui échapper le plus longtemps possible.

Telle était la pensée la plus vraie qui vivait en moi tandis que j'écrivais.

XI

« Ne me réveillez pas.

Si vous avez aimé rien qu'une fois au monde ne me réveillez pas si vous avez aimé. »

Oui, je le savais bien, le roman donne raison à la mort, la dernière phrase en lui est toujours une sentence par laquelle on consent au néant. Mais, moi, justement, c'était contre cette vérité-là que, depuis le début, j'avais voulu écrire. Je n'acceptais pas que l'histoire s'arrête. C'était aussi simple que cela. J'aurais désiré qu'un roman existât qui renverse tout vers l'avenir et demeure sans fin, comme une porte battante, ouvert sur demain.

C'était un rêve certainement. Mais cela m'était devenu bien égal. Je ne voulais plus qu'on me réveille. Je désirais juste qu'on laisse ce rêve durer le temps qui restait à ma vie. Je m'étais mis à écrire afin de repousser le moment du matin, de retenir un peu la nuit, de me donner à moi-même la chance encore d'un peu de sommeil avant que ne vienne l'instant du réveil et que tout soit fini.

On croit qu'un romancier raconte ce qui lui est arrivé quand c'est tout l'inverse qui est vrai ; s'il raconte, au contraire, c'est à seule fin que quelque chose lui arrive encore. On prétend faire un livre de son passé et, en vérité, l'on trace dans le vide un signe et c'est à l'avenir qu'on l'adresse. Si j'avais écrit, ce n'était pas pour dire adieu à l'ancien amour. À quoi bon ? Si j'avais écrit, c'était pour que revienne vers moi l'amour toujours nouveau auquel, depuis le tout début, j'avais lié ma vie — et même si je ne savais plus quel visage familier ou inconnu serait le sien.

D'ailleurs, il ne s'agissait pas d'écrire. Quand l'automne est arrivé, le roman était fini. Ou presque : il y manquait juste ses toutes dernières pages. Une superstition me retenait de les ajouter au livre car j'étais convaincu qu'aussitôt, et comme par magie, tout ce que le roman racontait serait renvoyé pour de bon au néant. Et cela, je n'étais pas certain de le vouloir. C'est pourquoi je différais d'envoyer le manuscrit à mon éditeur. Je savais que tout deviendrait alors irréversible. J'aurais bien détruit toutes les pages accumulées dans l'épaisseur abstraite de mon ordinateur si j'avais eu la certitude de me donner ainsi une chance vraie de tout recommencer.

Au début de l'été, j'avais laissé une autre femme entrer dans ma vie, une jeune femme belle, douce et libre avec laquelle je vérifiais une nouvelle fois ma chance, ce hasard prodigieux et injustifiable qui faisait venir vers moi, et sans que j'y sois réellement pour rien, la providentielle compagnie d'un être vrai que, certainement, je ne méritais pas. Je ne cherchais même plus à comprendre — et particulièrement à comprendre ce qui lui avait plu assez en moi pour que tout se déroule si vite et si facilement. Une idée fausse qu'elle se faisait sans doute de moi — qui l'intimidais un peu, à propos de qui elle croyait à toutes sortes de rumeurs flatteuses et séduisantes dont, sans la détromper, je souriais tant je les trouvais éloignées de celui que je m'imaginais être. C'était un malentendu, très probablement, mais j'en avais connu rarement d'aussi tendre dans mon existence. Elle s'appelait Lucie. Lorsque nous faisions l'amour, et que j'avais juste devant moi son visage très pâle sous ses cheveux bruns tout bouclés, elle écarquillait de grands yeux d'un bleu si intense qu'il paraissait presque irréel et parfois inquiétant, comme si elle s'étonnait de ce que j'étais en train de lui faire, ce quelque chose qu'elle désirait visiblement avec tout l'entêtement de son nouvel amour pour moi mais qui la laissait stupéfaite, jusqu'au moment où elle jouissait mais sans un mot ni même un murmure, avec le même geste chaque fois de la tête qui se détourne et bascule en arrière, la main gauche, le poing fermé, portée sur sa bouche comme pour réprimer une parole. J'aimais ce mouvement. J'aimais ce regard surtout, le grand étonnement d'aimer qu'il exprimait, sa vive clarté bleue virant au violet, l'évidence révélée de cet être, cette femme, dans la compagnie de laquelle une providence m'avait placé. Oui, j'aimais Lucie, sans doute.

Et je crois qu'elle m'aimait aussi. Du moins étions-nous amoureux. Un jour, elle m'avait dit : — je m'ennuie, si vous saviez, au fond, comme je m'ennuie. Elle ressemblait à une petite fille abandonnée toute seule au milieu d'un monde vide, fatiguée de tous ses vieux jouets et de ses anciennes poupées. Alors, et puisqu'elle m'avait laissé monter chez elle, nous sommes passés dans son lit. Cela me paraissait la meilleure manière de la désennuyer et de me désennuyer avec elle. J'étais tout disposé à la divertir si je le pouvais. C'était une raison d'être qui me suffisait et à laquelle je voulais bien consacrer tout mon temps, me disant finalement qu'on a certainement tort de demander davantage à l'amour.

Sa vie l'appelait tantôt à Nantes, tantôt à Paris et je la rejoignais pour plusieurs nuits ici ou là-bas, dans l'une ou l'autre de ses chambres. Ou bien nous partions passer quelques jours à la campagne. Lucie ne parlait pas sinon pour que nous nous enchantions l'un l'autre de toutes sortes d'histoires absurdes qui nous conduisaient jusqu'au sommeil ou bien me redonnaient envie d'elle. Elle me racontait ses rêves aussi. Ils semblaient innombrables chaque nuit et certains parlaient d'elle et de moi. Mais pour le reste, Lucie ne demandait jamais rien. Elle ne m'interrogeait ni sur Alice ni sur Lou, ne s'inquiétait pas de ce que serait notre avenir ensemble, n'exigeait aucune promesse de moi. Il y avait en elle un fond de mélancolie qui la rendait étrangement semblable à moi. Et cette réserve où je me retrouvais me troublait. Peut-être étais-je sa chance aussi bien. Mais elle n'y croyait pas tout à fait, il me semble. Quelque chose la tirait en arrière sans doute, vers le souvenir d'un ancien amour qu'elle avait quitté, ou plus loin vers l'enfance d'une certitude taciturne qu'exprimait la jouissance de ses yeux bleus si tristes et si tendres. Moi, je manquais de la conviction qu'il aurait fallu pour l'arracher à tout cela. D'ailleurs, je crois qu'elle n'en avait pas envie, que le plaisir que nous trouvions l'un avec l'autre lui suffisait et qu'elle n'en voulait pas davantage. Et moi-même, elle le voyait assez, je n'en avais pas fini avec mon propre passé où vivaient encore Alice et Lou.

Alice, elle, était revenue dans ma vie. Elle disait qu'il y avait quelque chose en moi à quoi elle ne pouvait pas renoncer et qu'elle comprenait ainsi que les autres femmes que j'avais aimées ne puissent pas davantage me quitter qu'elle. Chaque fois qu'elle repassait par notre petit appartement sous les toits, elle y rapportait une partie de ses affaires qu'elle avait enlevées au début de l'été, remplissant petit à petit les placards jusqu'à ce qu'ils se retrouvent dans l'état exact d'avant son départ. Ma toute récente liaison avec Lucie était assez irrégulière pour que je me trouve assez souvent chez nous. Alice revenait, disparaissait puis revenait encore. Nous partions pour quelques jours ensemble. Ainsi, cet été-là, nous sommes allés à Dublin et puis du côté de la côte normande, louant une chambre qui donnait sur la baie vaste et vide du Mont-Saint-Michel, la mer se retirant sur un grand désert humide de sable gris, traçant comme un arc vide sous un ciel d'août lumineux et tout voilé de nuages.

J'aimais Alice. Je l'aimais malgré tout l'inconfort qui venait de l'insuffisante familiarité du désir entre nous. Je l'aimais en dépit de tout ce temps qui nous avait éloignés l'un de l'autre. Je me demandais quelle violence, quelle sauvagerie ou bien quel courage venait parfois aux gens mariés pour les conduire à se séparer pour de bon, se soumettant à la loi désormais commune du divorce. Ce qui valait pour les autres ne valait pas pour nous. Nous avions tout fait à l'envers, accomplissant très jeunes ce à quoi les autres ne consentaient que beaucoup plus tard lorsque la peur leur venait au dernier moment de rester seuls et de ne pas trouver dans la société la place à deux sans laquelle ils auraient eu le sentiment de ne pas exister pour de vrai. J'en venais à penser parfois que nous restions ensemble parce que nous étions tout le contraire d'un couple de gens mariés. Nous deux : sans aucune vie sociale, tombés tout à coup dans la clandestinité d'un malheur qui nous tenait à l'écart de tous les autres et auquel nous n'avions jamais voulu renoncer par fidélité à une certaine idée de ce que nous imaginions être l'amour entre nous et pour notre fille — notre fille que nous n'avions pas voulu remplacer par le simulacre d'un autre enfant. Nous deux : ayant renoncé à toute possibilité de futur, contents d'être devenus définitivement incompréhensibles aux yeux de tous les autres que notre fréquentation embarrassait.

Si l'amour est ce pas fait à l'écart du monde et de ses lois, s'il suppose l'arrogante insociabilité d'une vie qui se suffit à elle-même, s'invente ses propres valeurs au nom desquelles il méprise toutes les autres, s'il est cette folie, alors nous nous aimions. Et je ne voyais pas quel autre amour, alors, aurait pu être plus grand que le nôtre. J'admirais Alice pour l'intransigeance avec laquelle elle refusait toutes les facilités qui se seraient offertes à elle, jeune, belle, intelligente et vivante comme elle l'était, lui permettant sans le moindre mal d'échanger la vie qu'elle vivait contre une autre où, refaisant son existence, elle aurait été heureuse du bonheur ordinaire dont le monde tout entier affirmait que rien ne lui était préférable. Je l'admirais pour la violence avec laquelle elle se refusait à tout cela. Et je l'aimais, lui étais reconnaissant pour l'entêtement avec lequel elle s'imaginait que ma place se trouvait auprès d'elle au sein de cette folie qui, sans doute, nous perdait.

Je ne cessais pas de penser à Lou. J'étais convaincu que nous nous étions perdus l'un et l'autre pour de bon. La colère n'avait pas diminué en moi à l'égard de tout ce gâchis grandi entre nous. Et je me disais qu'il devait en être de même pour elle. Quelque chose, cependant, continuait à m'assurer qu'elle existait encore. Lorsque je me rendais chez Lucie, entièrement livré à l'excitation amoureuse de passer la nuit avec elle, je passais en dessous de chez Lou. Pourtant, je ne pouvais jamais m'empêcher de lever les yeux vers ses fenêtres et, qu'il y ait de la lumière ou non dans sa maison, je me demandais ce que sa vie sans moi était devenue. J'aurais voulu la souhaiter heureuse. Mais je n'y parvenais pas tout à fait. J'aurais eu l'impression d'avoir ignominieusement renié la part la plus vive de moi-même. La vérité : allant chez Lucie, j'aurais désiré m'arrêter en chemin, sonner en bas à la porte de Lou, monter chez elle sans qu'il y ait eu besoin d'aucune explication entre nous puisque c'était là-haut que vivait mon cœur. L'ancienne habitude n'avait pas disparu. Quand je me réveillais le matin, j'attendais le moment où je l'aurais appelée autrefois. Je laissais passer le temps jusqu'à ce qu'il soit devenu trop tard pour lui téléphoner et que la journée ait basculé vers sa fin. Et cela recommençait le lendemain. Les semaines s'écoulaient et elles le faisaient toujours de la même et morne manière.

Oui, en vérité, c'est Lou que je voulais revoir. Trois ans d'amour avaient fait s'installer trop de liens entre nous. Toutes sortes d'obligations subsistaient dont nous pouvions prendre prétexte pour nous adresser un signe. Un jour, nous l'avons fait. Pourtant, une saison entière avait passé : l'été, le temps long et lent d'avoir été séparés. La voix au téléphone : l'immédiate évidence que rien ne change jamais entre ceux qui, un jour, se sont vraiment aimés. Nous en étions restés très exactement au même point. Elle. Et puis moi. Une telle certitude se vérifie en un instant. L'intime d'une conviction qui efface le monde autour de soi et relègue le reste dans le lointain d'une fiction affectée. Le même atermoiement, l'inquiétude inchangée. Je m'étais toujours juré de ne jamais revoir une femme que j'avais cessé d'aimer. J'aurais eu l'impression de cracher sur ceux que nous avions été. Mais Lou disait qu'elle pensait comme moi et, si elle voulait me revoir, la raison en était précisément qu'elle n'avait jamais cessé de me considérer comme son amour vrai. Alors, nous avons décidé de nous retrouver, de le faire comme des gens qui s'aiment.

Dans la ville où nous vivions, un jour, après tout ce temps passé, j'ai donné rendez-vous à Lou. C'était à deux pas de chez moi, juste à côté du cirque clair et parfait de la place Graslin. À Nantes, le cours Cambronne est un tout petit jardin, une double allée de poussière plantée de quelques arbres entre deux grilles qu'on ferme la nuit et puis l'escorte de hautes façades que dressent dans le vide des immeubles distingués. Je savais bien pourquoi j'avais choisi cet endroit-là, avec la statue de l'ancien général qui me rappelait celle de Ney à Paris et dont parle un vieux romancier américain, figure levée dans l'air, toute perdue et héroïque, disant silencieusement son mot au monde, le tenant pour rien, survivant d'un désastre inutile, obstinément fidèle à une honorable croyance anéantie par l'histoire des hommes. C'était l'automne, donc. Le soleil penchait un peu de sa pâleur pourtant vive sur les choses. Pour me cacher, j'ai mis mes lunettes noires, j'ai relevé le col de mon manteau. J'avais voulu être très en avance sur l'heure de notre rendez-vous. J'ai marché jusqu'au milieu du jardin et je me suis assis sur le socle de la statue. Des enfants jouaient autour de moi. Il y avait des femmes aussi, installées sur les bancs, là où tombait un peu de lumière. Je savais que j'étais fou. Que je n'avais aucune raison de me trouver là. Je pensais à Lucie. Je pensais à Alice. Je ne pensais à rien. L'idée du lendemain m'aurait accablé. Je me figurais toute l'inextricable complication qu'entraînerait le retour de Lou dans ma vie quand il m'aurait été au fond si facile d'en finir avec l'amour. Je voulais ne plus rien voir, laisser venir à moi la forme impossible de ce qui allait advenir. Le vide dans ma pensée, je l'appelais pour me rendre libre de tout avenir. Je guettais Lou derrière les grilles. Je l'imaginais, belle et splendidement unique comme mon désir avait gardé d'elle le souvenir. Je me représentais le déhanchement formidable d'une silhouette qui, souriante, marche vers soi, l'évidence restituée d'une présence, tout le travail impensable de l'affection reprenant sa place en soi. Elle venait vers moi, je crois, qui ne savais plus rien et j'observais l'incroyable événement avec lequel, sans que je sache rien de demain, me revenait la figure même, toujours attendue et dévastatrice, de cette chose à laquelle j'avais autrefois donné un nom, un nom dont sans doute je ne savais toujours pas avec certitude quelle femme le porterait mais que mon cœur, comme il battait à ce moment-là dans le secret le plus vif de ma vie, avait appelée, appelait encore : le nouvel amour.

Nantes, été 2004 - été 2005

DU MÊME AUTEUR

Aux éditions Gallimard

L'ENFANT ÉTERNEL, coll. « L'Infini », 1997. Prix Femina du premier roman (Folio n° 3115).

TOUTE LA NUIT, coll. « Blanche », 1999 (Prix Grinzane Cavour 2007).

RAYMOND HAINS, UNS ROMANS, coll. « Art et Artistes », 2004.

SARINAGARA, coll. « Blanche », 2004. Prix Décembre (Folio n° 4361).

TOUS LES ENFANTS SAUF UN, 2007 (Folio n° 4775).

LE NOUVEL AMOUR, 2007 (Folio n° 4829).

ARAKI ENFIN, L'HOMME QUI NE VÉCUT QUE POUR AIMER, coll. « Art et Artistes », 2008.

Chez d'autres éditeurs

PHILIPPE SOLLERS, collection « Les Contemporains », *Seuil*, 1992.

CAMUS, *Marabout*, 1992.

LE MOUVEMENT SURRÉALISTE, *Vuibert*, 1994.

TEXTES ET LABYRINTHES : Joyce/Kafka/Muir/Borges/Butor/Robbe-Grillet, *Éditions Inter-Universitaires*, 1995.

HISTOIRE DE « TEL QUEL », coll. « Fiction & Cie », *Seuil*, 1995.

OÉ KENZABURÔ, légendes d'un romancier japonais, *Pleins Feux*, 2001.

PRÈS DES ACACIAS, l'autisme, une énigme, en collaboration avec Olivier Menanteau, *Actes Sud*, 2002.

LA BEAUTÉ DU CONTRESENS ET AUTRES ESSAIS SUR LA LITTÉRATURE JAPONAISE, Allaphbed 1, *Éditions Cécile Defaut*, 2005.

DE TEL QUEL À L'INFINI. NOUVEAUX ESSAIS, Allaphbed 2, *Éditions Cécile Defaut*, 2006.

LE ROMAN, LE RÉEL ET AUTRES ESSAIS, Allaphbed 3, *Éditions Cécile Defaut*, 2007.

HAIKU, ETC suivi de 43 SECONDES, Allaphbed 4, *Éditions Cécile Defaut*, 2008.

COLLECTION FOLIO

Dernières parutions

44595. Alessandro Baricco	*Homère, Iliade.*
4596. Michel Embareck	*Le temps des citrons.*
4597. David Shahar	*La moustache du pape* et autres nouvelles.
4598. Mark Twain	*Un majestueux fossile littéraire* et autres nouvelles.
4599. André Velter	*Zingaro suite équestre* (nouvelle édition)
4600. Tite-Live	*Les Origines de Rome.*
4601. Jerome Charyn	*C'était Broadway.*
4602. Raphaël Confiant	*La Vierge du Grand Retour.*
4603. Didier Daeninckx	*Itinéraire d'un salaud ordinaire.*
4604. Patrick Declerck	*Le sang nouveau est arrivé. L'horreur SDF.*
4605. Carlos Fuentes	*Le Siège de l'Aigle.*
4606. Pierre Guyotat	*Coma.*
4607. Kenzaburô Ôé	*Le faste des morts.*
4608. J.-B. Pontalis	*Frère du précédent.*
4609. Antonio Tabucchi	*Petites équivoques sans importance.*
4610. Gonzague Saint Bris	*La Fayette.*
4611. Alessandro Piperno	*Avec les pires intentions.*
4612. Philippe Labro	*Franz et Clara.*
4613. Antonio Tabucchi	*L'ange noir.*
4614. Jeanne Herry	*80 étés.*
4615. Philip Pullman	*Les Royaumes du Nord. À la croisée des mondes, I.*
4616. Philip Pullman	*La Tour des Anges . À la croisée des mondes, II.*
4617.Philip Pullman	*Le Miroir d'Ambre. À la croisée des mondes, III.*

4618. Stéphane Audeguy — *Petit éloge de la douceur.*
4619. Éric Fottorino — *Petit éloge de la bicyclette.*
4620. Valentine Goby — *Petit éloge des grandes villes.*
4621. Gaëlle Obiégly — *Petit éloge de la jalousie.*
4622. Pierre Pelot — *Petit éloge de l'enfance.*
4623. Henry Fielding — *Histoire de Tom Jones.*
4624. Samina Ali — *Jours de pluie à Madras.*
4625. Julian Barnes — *Un homme dans sa cuisine.*
4626. Franz Bartelt — *Le bar des habitudes.*
4627. René Belletto — *Sur la terre comme au ciel.*
4628. Thomas Bernhard — *Les mange-pas-cher.*
4629. Marie Ferranti — *Lucie de Syracuse.*
4630. David McNeil — *Tangage et roulis.*
4631. Gilbert Sinoué — *La reine crucifiée*
4632. Ted Stanger — *Sacrés Français ! Un Américain nous regarde.*
4633. Brina Svit — *Un cœur de trop.*
4634. Denis Tillinac — *Le venin de la mélancolie.*
4635. Urs Widmer — *Le livre de mon père.*
4636. Thomas Gunzig — *Kuru.*
4637. Philip Roth — *Le complot contre l'Amérique.*
4638. Bruno Tessarech — *La femme de l'analyste.*
4639. Benjamin Constant — *Le Cahier rouge.*
4640. Carlos Fuentes — *La Desdichada.*
4641. Richard Wright — *L'homme qui a vu l'inondation* suivi de *Là-bas, près de la rivière.*
4642. Saint-Simon — *La Mort de Louis XIV.*
4643. Yves Bichet — *La part animale.*
4644. Javier Marías — *Ce que dit le majordome.*
4645. Yves Pagès — *Petites natures mortes au travail.*
4646. Grisélidis Réal — *Le noir est une couleur.*
4647. Pierre Senges — *La réfutation majeure.*
4648. Gabrielle Wittkop — *Chaque jour est un arbre qui tombe.*
4649. Salim Bachi — *Tuez-les tous.*
4650. Michel Tournier — *Les vertes lectures.*
4651. Virginia Woolf — *Les Années.*
4652. Mircea Eliade — *Le temps d'un centenaire* suivi de *Dayan.*
4653. Anonyme — *Une femme à Berlin. Journal 20 avril-22 juin 1945.*

4654. Stéphane Audeguy — *Fils unique.*
4655. François Bizot — *Le saut du Varan.*
4656. Pierre Charras — *Bonne nuit, doux prince.*
4657. Paula Fox — *Personnages désespérés.*
4658. Angela Huth — *Un fils exemplaire.*
4659. Kazuo Ishiguro — *Auprès de moi toujours.*
4660. Luc Lang — *La fin des paysages.*
4661. Ian McEwan — *Samedi.*
4662. Olivier et Patrick Poivre d'Arvor — *Disparaître.*
4663. Michel Schneider — *Marilyn dernières séances.*
4664. Abbé Prévost — *Manon Lescaut.*
4665. Cicéron — *« Le bonheur dépend de l'âme seule ».* Tusculanes, *livre V.*
4666. Collectif — *Le pavillon des Parfums-Réunis.* et autres nouvelles chinoises des Ming.
4667. Thomas Day — *L'automate de Nuremberg.*
4668. Lafcadio Hearn — *Ma première journée en Orient* suivi de *Kizuki le sanctuaire le plus ancien du Japon.*
4669. Simone de Beauvoir — *La femme indépendante.*
4670. Rudyard Kipling — *Une vie gaspillée* et autres nouvelles.
4671. D. H. Lawrence — *L'épine dans la chair* et autres nouvelles.
4672. Luigi Pirandello — *Eau amère.* et autres nouvelles.
4673. Jules Verne — *Les révoltés de la Bounty* suivi de *maître Zacharius.*
4674. Anne Wiazemsky — *L'île.*
4675. Pierre Assouline — *Rosebud.*
4676. François-Marie Banier — *Les femmes du métro Pompe.*
4677. René Belletto — *Régis Mille l'éventreur.*
4678. Louis de Bernières — *Des oiseaux sans ailes.*
4679. Karen Blixen — *Le festin de Babette.*
4680. Jean Clair — *Journal atrabilaire.*
4681. Alain Finkielkraut — *Ce que peut la littérature.*
4682. Franz-Olivier Giesbert — *La souille.*
4683. Alain Jaubert — *Lumière de l'image.*
4684. Camille Laurens — *Ni toi ni moi.*

4685. Jonathan Littell — *Les Bienveillantes.*
4686. François Weyergans — *La démence du boxeur.* (à paraître)
4687. Frances Mayes — *Saveurs vagabondes.*
4688. Claude Arnaud — *Babel 1990.*
4689. Philippe Claudel — *Chronique monégasque* et autres textes.
4690. Alain Rey — *Les mots de saison.*
4691. Thierry Taittinger — *Un enfant du rock.*
4692. Anton Tchékhov — *Récit d'un inconnu* et autres nouvelles.
4693. Marc Dugain — *Une exécution ordinaire.*
4694. Antoine Audouard — *Un pont d'oiseaux.*
4695. Gérard de Cortanze — *Laura.*
4696. Philippe Delerm — *Dickens, barbe à papa.*
4697. Anonyme — *Le Coran.*
4698. Marguerite Duras — *Cahiers de la guerre* et autres textes.
4699. Nicole Krauss — *L'histoire de l'amour.*
4700. Richard Millet — *Dévorations.*
4701. Amos Oz — *Soudain dans la forêt profonde.*
4702. Boualem Sansal — *Poste restante : Alger.*
4703. Bernhard Schlink — *Le retour.*
4704. Christine Angot — *Rendez-vous.*
4705. Éric Faye — *Le syndicat des pauvres types.*
4706. Jérôme Garcin — *Les sœurs de Prague.*
4707. Denis Diderot — *Salons.*
4708. Isabelle de Charrière — *Sir Walter Finch et son fils William.*
4709. Madame d'Aulnoy — *La Princesse Belle Étoile et le prince Chéri.*
4710. Isabelle Eberhardt — *Amours nomades.*
4711. Flora Tristan — *Promenades dans Londres.* (extraits)
4712. Mario Vargas Llosa — *Tours et détours de la vilaine fille.*
4713. Camille Laurens — *Philippe.*
4714. John Cheever — *The Wapshot.*
4715. Paule Constant — *La bête à chagrin.*
4716. Erri De Luca — *Pas ici, pas maintenant.*
4717. Éric Fottorino — *Nordeste.*

4718\. Pierre Guyotat — *Ashby* suivi de *Sur un cheval.*
4719\. Régis Jauffret — *Microfictions.*
4720\. Javier Marías — *Un cœur si blanc.*
4721\. Irène Némirovsky — *Chaleur du sang.*
4722\. Anne Wiazemsky — *Jeune fille.*
4723\. Julie Wolkenstein — *Happy End.*
4724\. Lian Hearn — *Le vol du héron. Le Clan des Otori, IV.*
4725\. Madame d'Aulnoy — *Contes de fées.*
4726\. Collectif — *Mai 68, Le Débat.*
4727\. Antoine Bello — *Les falsificateurs.*
4728\. Jeanne Benameur — *Présent ?*
4729\. Olivier Cadiot — *Retour définitif et durable de l'être aimé.*
4730\. Arnaud Cathrine — *La disparition de Richard Taylor.*
4731\. Maryse Condé — *Victoire, les saveurs et les mots.*
4732\. Penelope Fitzgerald — *L'affaire Lolita.*
4733\. Jean-Paul Kauffmann — *La maison du retour.*
4734\. Dominique Mainard — *Le ciel des chevaux.*
4735\. Marie Ndiaye — *Mon cœur à l'étroit.*
4736\. Jean-Christophe Rufin — *Le parfum d'Adam.*
4737\. Joseph Conrad — *Le retour.*
4738\. Roald Dahl — *Le chien de Claude.*
4739\. Fédor Dostoïevski — *La femme d'un autre et le mari sous le lit.*
4740\. Ernest Hemingway — *La capitale du monde* suivi de *l'heure triomphale de François Macomber.*
4741\. H.P Lovecraft — *Celui qui chuchotait dans les ténèbres.*
4742\. Gérard de Nerval — *Pandora* et autres nouvelles.
4743\. Juan Carlos Onetti — *À une tombe anonyme.*
4744\. R.L. Stevenson — *La Chaussée des Merry Men.*
4745\. H.D. Thoreau — *« Je vivais seul, dans les bois ».*
4746\. Michel Tournier — *L'aire du Muguet,* suivi de *La jeune fille et la mort.*

Composition Imprimerie Floch
Impression Maury-Imprimeur
45330 Malesherbes
le 10 décembre 2008.
Dépôt légal : décembre 2008.
Numéro d'imprimeur : 142819.

ISBN 978-2-07-036123-6. / Imprimé en France.

162481